KB123679

로크미디어가
유혹하는
재미있는 세상

이것이 법이다

이것이 법이다 119

2021년 9월 3일 초판 1쇄 인쇄
2021년 9월 8일 초판 1쇄 발행

지은이 자카예프
발행인 김정수 강준규

기획 이기헌 왕소현 박경무 강민구
책임편집 최전경
마케팅지원 배진경 임혜솔 송지유 이영선

발행처 (주)로크미디어
출판등록 2003년 3월 24일
주소 서울시 마포구 성암로 330 DMC첨단산업센터 318호
Tel (02)3273-5135 **편집** 070-7863-8592 **Fax** (02)3273-5134
홈페이지 rokmedia.com **E-mail** rokmedia@empas.com

ⓒ 자카예프, 2015

값 8,000원

ISBN 979-11-354-8922-8 (119권)
ISBN 979-11-255-9575-5 04810 (세트)

이것이 법이다

119

자카예프 장편소설

ROK
MEDIA
로크미디어

CONTENTS

무능과 유능 사이

하백호. 하종백의 아버지로 대령이다.

하지만 그다지 능력 있는 편은 아니었다.

정확하게 표현하자면 지휘관으로서는 능력이 있지만 정치적 능력이 부족한 타입으로, 그래서 소장을 달지 못하고 예편이 예정되어 있던 사람이었다.

"뭐라고?"

송정한은 노형진의 말에 귀를 의심했다.

물론 그가 가지고 오는 사건 중에 가벼운 것은 없었지만 오늘 가지고 온 사건은 지금까지 중에서도 제일 심각했다.

"중국이 하백호라는 대령에게 접근했습니다. 사건을 조사하다가 나왔는데, 중국에서 그에게 접근해서 심각한 조건을 내걸었습니다."

하백호에게 접근해서 만일 중국의 스파이가 된다면 별을 달 수 있게 해 주겠다는 조건을 붙였던 것.

"하백호는 그 문제로 고민하다가 스파이를 박멸하기로 결심하고 그 사실을 제보하려고 했고, 결국 사고로 사망했습니다."

"사고로 사망했다……. 자네 생각은 사고사처럼 보이는 살인이라는 거겠지?"

"현실적으로는요? 그렇습니다."

우연치고는 너무 말이 안 된다.

그 순간에 정확하게 사망한다는 건 말이다.

"아마도 평소에 차량에 수를 써 났다가 신고할 기색을 보이자 처리한 것 같습니다."

"중국이라니……."

그렇잖아도 중국은 어마어마한 돈으로 사방에서 스파이를 키워 내고 있다.

전 세계에서 중국 스파이라고 하면 치를 떨 정도다.

'하긴 다른 나라 알기를 개떡같이 알고 있으니.'

실제로 이런 식으로 접근했다가 거부하면 암살하는 게 중국의 스타일이다.

호주에서도 한 사업가에게 접근해서 스파이 요구를 하다가 거절당하자 그를 암살하기도 했다.

"맨노스 사태도 중국 스파이 때문에 발생한 거구요."

"맨노스 사태?"

"아, 잘 모르시겠군요. 미국에서 발생한 사건입니다."

맨노스라고 하는 거대 투자회사가 있었다.

그곳에 일하던 중국인 직원이 있었는데 우연히 만난 중국 여자와 사랑에 빠져서 결혼하게 되었다.

그러나 그녀는 스파이였고, 그 직원의 계정을 이용해서 맨노스의 정보를 빼돌리는 첩자였다.

그 직원이 워낙 상위직이었던 탓이다.

"그걸 알고 그는 다급하게 맨노스에 사실을 이야기했지요."

하지만 맨노스는 어째서인지 그 이후에 어떤 행동도 하지 않았다.

도리어 신고했던 그가 가정 폭력으로 고소당해서 구속되기까지 했다.

나중에 조사 결과, 판사와 검사 그리고 경찰까지, 중국으로부터 뇌물을 받고 그를 체포한 것으로 드러났다.

"그리고 몇 달 후에 맨노스는 중국발 공격으로 인해 수십억 달러를 손해 보게 됩니다."

"설마……."

"설마가 맞습니다. 그 직원은 어느 순간 실종되었지요."

"으음……."

그 말은, 그 맨노스에 그보다 높은 지위의 스파이가 있었다는 걸 의미한다.

직원이 고발한 걸 그가 커트한 것이다.

보안이 생명인 맨노스 같은 투자회사가 그런 경고를 무시했다는 것은 말이 안 된다.

"실제로 이사진 중 한 명이 그 사건 이후에 중국으로 이사했지요."

하물며 보안에 신경 쓰는 미국도 그 지경이다.

그런데 한국은 어떨까?

"장군이라……."

"하백호에게 장군이 되게 해 주겠다는 조건을 내걸었습니다. 그게 무슨 의미인지 아시지요?"

장군은 아무나 만들어 줄 수 있는 존재가 아니다.

장군이 무슨 옆집 똥개 이름도 아니고, 당연히 그만큼의 힘이 있어야 한다.

"군대에서 뇌물을 주는 거야 흔하지만 그것도 먹히는 수준이 있지요."

대령이 직속상관인 준장에게 뇌물을 주는 건 장군을 만들어 달라는 게 아니라 자신의 인사고과를 높여 달라는 거다.

상식적으로 준장이 무슨 힘이 있어서 대령을 자신과 똑같은 계급인 준장으로 만들어 준단 말인가?

"최소한 투스타인 소장급, 제대로 하려면 중장급 이상의 힘이 있어야 합니다."

"젠장."

중장급이라는 말에 송정한의 얼굴이 창백해졌다.

그럴 수밖에 없는 게, 중장이라고 하면 대한민국의 거의 모든 군사기밀에 접근할 수 있기 때문이다.

"아무래도…… 중장급이 끼었다고 봐야겠지. 소장급이라고 해도 준장을 만기는 힘드니까."

도와준다는 것도 아니고, 확실하게 장군을 만들어 준다고 했다.

"하백호는 이미 예편이 결정된 상황입니다. 그걸 뒤집으려면 확실하게 중장급은 되어야 할 겁니다."

"심각하군. 언제 그렇게까지……."

"스파이라는 게 그런 거지요. 해외에서 파견되는 스파이가 사실 얼마나 되겠습니까? 내부에 숨어 있는 놈들이 더 많겠지요."

"끄응, 그건 그렇지."

송정한도 안다.

원래 스파이가 제대로 활동하려면 내부에 있어야 한다. 외부에서 아무리 들어와 봐야 볼 수 있는 건 수박 겉핥기다.

"중국에서 수십억을 준다고 하는데 거절하겠습니까? 의원님도 아시지 않습니까?"

"그렇지. 군사 비리를 생계형 비리라고 하는 판국에……."

이완용?

장담하는데 전쟁이 터지면 더한 놈들이 나오면 모를까 결코 덜하지는 않을 것이다.

　이미 한국에서 군대의 승진 시스템은 제대로 작동하지 못하는 게 현실이다.

　당장 군대에서 온갖 가혹 행위와 강제적 운동으로 부하들을 죽여 가면서 승진하던 사람이 결국 중장까지 다는 사태가 벌어지기도 했고 말이다.

　이번 생에는 노형진이 그렇게 되기 전에 막았다지만 이미 그로 인해 사망자가 나온 후였다.

　당연하게도 한국 정부에서는 그 어떤 책임도 지지 않았다.

　노형진이 할 수 있는 건 그를 막는 정도가 한계였다.

　그렇게 장군에 대한 인사 시스템이 막장인지라 만일 스파이들이 뭉쳐서 세력을 만들고 자기들끼리 당겨 준다면 국방 시스템은 스파이들에게 순식간에 넘어갈 수밖에 없는 구조로 되어 있다.

　"윗선이 깨끗해야 그걸 막지."

　"하지만 중장급이 넘어갔다고 하면…….'

　"갑갑하군."

　한국에서 중장급은 군단장이다.

　즉 현실적으로 1개 군단의 최종 결정권자라는 의미이며, 또한 실제로 그 병력을 통제하는 최종 권리자라는 의미다.

　그 이상의 장군이 없는 것은 아니나 그 이상부터는 실질적인 통제보다는 전체적인 관리에 가깝다.

"중장이 중국 스파이라고 하면 어떻게 될까요?"

"심각하겠지. 일단 정보가 새어 나가는 건 뭐 당연한 일이고."

비상시에 상부의 명령을 거부하고 도리어 총구를 서울로 향할 수도 있다.

한국은 벌써 쿠데타가 세 번이나 있었던 나라다.

그리고 군단장급은 쿠데타를 일으킬 수 있는 자리이기도 하다.

"최악의 경우 내전으로 치달을 수도 있겠지요."

물론 그럴 가능성 자체는 확실히 낮다.

일단 시대가 바뀐 상황이기에 장병들이나 지휘관들에게 쿠데타를 명령한다고 해서 따르지는 않을 테니까.

"하지만 부작위에 의한 방해는 가능하지요."

비상시에 특정 지역을 방어하라고 하는 걸 거부하거나 또는 방어 작전을 실시하려고 하는 다른 군단을 방해하거나 하는 식으로 말이다.

"자네는 가능성이 얼마나 된다고 생각하나?"

"최소 한 명 아니면 두 명일 겁니다. 그리고 인사 쪽 라인에 있을 테고요. 그리고 그 아래에는…… 얼마나 있을지 답이 없네요."

중장이 아래에서 끌어올릴 수 있는 게 중국 스파이 장군

열 명이라면, 다음번에는 중국 스파이 장군 백 명은 올릴 수 있다.

"애국심에 기대는 건 무리일 테고."

"이미 국정원 내부에서도 중국 스파이가 발견된 판국인데 무슨 애국심입니까?"

장군보다 더 강하게 애국심에 대한 교육을 시키는 게 국정원이다.

하지만 그 안에서 이미 중국 스파이가 발견된 적도 있다.

심지어 국군정보사령부에 훈장까지 받았던 인물이 포섭되어서 일본에 블랙 요원의 명단을 넘긴 적도 있었다.

물론 결말은 그 블랙 요원들의 실종이었다.

"현실적으로 장군급 중에 스파이가 없을 가능성은 없습니다."

물론 장군으로 승진하기 이전에는 사상 검증이나 조사를 충분히 한다.

하지만 장군으로 승진한 후에는 어떠한 통제도 없이 무소불위의 권력을 휘두르는 게 사실이다.

인권 단체나 다른 곳에서 조사하려고 할 때마다 군 기밀이라는 말 한마디로 보호만 해 주니까.

심지어 장군은 강간을 저질러도 풀려나는 한국에서 제대로 된 인성 테스트와 충성도 테스트가 이루어질 리가 없다.

"생각보다 상황이 좋지 않습니다. 어떻게 해서든 해결책을 찾아야 합니다."

"아니, 뜬금없이 왜 중국에…… 아니지, 당연한 거겠지."

중국이 한국에 공을 들인 것은 이미 오래된 일이다.

실제로 조사 결과에 따르면 중국이 최신 기술을 얻는 장소가 바로 한국이었다.

사실 당연한 결과다.

한국은 일단 세계 레벨의 과학 강국이기 때문에 기술의 수준이 높다.

그러나 그에 반해 보안에 들어가는 돈은 무조건 손해라고 생각해서 보안에 신경을 쓰지 않는 걸로 유명하다.

미국의 기업이 보안에 100만 달러를 쓴다면 한국의 보안 시스템은 일단 무조건 싼 곳으로 불러 댄다.

그렇다 보니 미국의 5분의 1도 안 되는 가격으로 보안을 맡겨서, 쉽게 뚫리는 편이다.

결정적으로 한국은 인적 보안에 대해서는 방치하는 것이나 마찬가지일 정도로 무척이나 허술하다.

미국이 신기술을 만들어 낼 때 돈은 얼마든지 써도 좋으니 무조건 만들어 내라는 조건이라면, 한국은 한정된 예산 안에서 만들어 내도록 한다.

그리고 그렇게 만들어 낸 후에도 문제다.

미국 같은 경우는 기업에서 연구를 통해 신기술을 만들어 내면 아무리 기업의 명령이라고 해도 최소한의 지분은 인정해 준다.

가령 어떤 아이템이 나왔다면 최소한의 지분, 가령 판매분의 0.1%라도 인정해서 보너스로 주는 데 반해 한국은 몇백만 원 정도 주고 끝이다.

상황이 그러니 머릿속에서 있는 과학 지식에 대한 보안이 될 리가 없다.

물론 그 사람이 관련 업종에 이직하지 못하도록 계약서에 사인하기는 하지만, 한국도 아니고 중국으로 이직하는 것에 대한 방어나 감시까지는 불가능한 것이 현실이다.

"한국의 과학기술에 대해 그렇게 신경을 썼으니 한국의 군에 대해서도 신경 쓰겠지."

"군사적으로도 마찬가지입니다."

러시아는 까딱 잘못하면 일이 커질 수밖에 없는 독재국가 중 하나고, 일본은 누가 봐도 몰락해 가는 과정인 데다가 해군에 몰빵된 형태라 중국군이 작심하고 몰아붙여서 상륙해 버리면 2차대전처럼 1억 총옥쇄 꼴이 날 수밖에 없다.

게다가 한국이 상륙하려고 해도 상륙 확률이 70%이니, 중국이라면 당연히 100%가 될 수밖에 없다. 해군력이 뛰어나니까.

"만일 전쟁이 터진다면 가장 위협적인 것은 주한 미군이니까요."

중국 입장에서는 주한 미군을 필두로 한국의 보병이 제일 귀찮다.

보병의 숫자로는 자신들이 많지 모르나 실질적으로 한국의 보병 전력이라면 미국의 항모 전단들이 도착할 때까지 시간을 끌 수 있고, 2차대전 때처럼 일본에서 보급기지 역할을 하고 한국에서 전투하는 형태라면 중국은 위험할 수밖에 없다.

  미국의 항모 전단 절반만 온다고 해도 중국은 쑥대밭이 될 테니까.

  "그렇다고 핵을 쓸 수도 없을 테니까요."

  핵을 쓰면 그 순간부터 핵전쟁이니, 인류가 멸망할 때까지 서로 핵을 쏴 대는 수밖에 없다.

  한국은 미국의 핵우산의 보호를 받고 있기 때문이다.

  "하지만 한국을 점령하면 상황은 완전히 바뀝니다."

  한국을 점령한 후에 한국에서 일본을 향해 미사일을 쏴 대면서 상륙하면 현실적으로 일본 해군이 방어할 방법은 없고, 주일 미군 역시 방어하기 전에 무너질 가능성이 높다.

  그 후에 일본을 무력화하고 항모 전단이 도착하기 전에 중국 함대를 태평양으로 보내서 게릴라전을 하게 된다면 중국으로서는 해볼 만한 싸움이 된다.

  일단 전쟁터가 한국과 일본으로 끝나기 때문에 자국 내 피해도 없고 말이다.

  "설마?"

  "장군들이 충분히 중국에 넘어가 있다면 불가능한 일은 아닙니다."

"흠⋯⋯."

노형진의 말에 송정한은 심각한 얼굴이 되었다.

누가 보면 미친놈이라고 할지 모른다.

하지만 수많은 쿠데타의 이면에는 설마 군대가 조국을 배신하겠느냐는 생각이 깔려 있었다.

"일단 이 문제는 내가 당과 이야기해 보겠네."

"이건 민주수호당뿐만 아니라 자유신민당하고도 이야기하셔야 할 겁니다."

"하긴 자유신민당 입장에서도 그냥 넘어갈 일은 아니기는 해."

자유신민당이 친일파적 성향이 없는 것은 아니나 중국은 완전히 다른 문제다.

도리어 불씨는 자유신민당에 떨어진 셈이다.

중국이 점령하게 되면 자유신민당 의원들을 살려 둘 가능성은 없다.

물론 일본으로 도망가는 사람도 있을지 모르지만, 현실적으로 아무런 가치도 없어진 한국의 국회의원들이 일본에서 제대로 된 생활을 이어 가는 것은 아마 불가능할 테니까.

"자네는 뭐 다른 생각이 있나?"

"이런 걸 확실하게 알 만한 사람이 있지요."

노형진은 눈을 번뜩거렸다.

"국정원은 모른다고 해도, CIA는 모를 수가 없습니다."

아군에 대한 감청도 몰래 하는 놈들이 과연 그런 걸 모를까?

"그들과 만나서 이야기해 봐야겠습니다."

⚖

"오랜만입니다, 제리 강."

서울의 모 호텔. 그 안에 잡아 둔 방으로 들어오는 그에게 노형진은 악수를 청했다.

"강훈이라 불러 주십시오."

노형진에게 반갑게 손을 내미는 남자.

CIA 한국 지부의 연락관인 제리 강(한국명 강훈 요원)이었다.

"급하게 불러서 미안합니다."

"아닙니다. 마이스터에서 이렇게 저희를 불러 주시다니 저희야 고맙지요."

"좀 신중한 이야기가 될 것 같은데. 가능하시겠습니까?"

"잠시만요."

강훈은 문을 열고 바깥에 손짓했다.

그러자 요원 두 명이 들어와 방 안을 탐지기로 샅샅이 조사하더니 눈짓하며 말했다.

"경호하겠습니다."

제리 강은 고개를 끄덕였다.

그리고 그들이 나가자 창문의 커튼을 치고 가방에서 뭔가를 꺼내 작동시켰다.

전문가가 아닌 노형진이 보기에도 도청을 방지하기 위해 철두철미하게 준비하고 있다는 걸 알 수 있었다.

그런데 그는 그것만으로도 모자란지 텔레비전까지 켜고서야 노형진 가까이 다가왔다.

"무슨 일입니까? 가능하면 은밀하게 만나자고 하신 걸 보니 이만저만 큰 문제가 아닌 것 같은데."

일단 노형진은 목소리를 낮췄다.

워낙 예민한 문제인 데다가 크게 떠들 만한 문제도 아니기 때문이다.

"제리 강. 아니, 강훈 씨. CIA의 입장도 있지만 이 문제는 확실하게 해 주시기 바랍니다. 만일 이 문제로 거짓말하려고 한다면 앞으로는 CIA와 거래를 못 할 수도 있습니다."

"미스터 노, 저희는 미스터 노를 위해 최선을 다했습니다."

그건 사실이다. 노형진이 미다스라는 사실이 감춰진 것은 CIA가 온갖 작전으로 그 신분을 은폐해 왔기 때문이다.

"이 문제는 제가 공개되는 점을 감수하고서라도 확실하게 짚고 넘어가야겠습니다."

"음…… 좀 무섭군요. 말씀해 주십시오."

"한국군에서 중국에 넘어간 숫자가 얼마나 됩니까?"

강훈은 물끄러미 노형진을 바라보았다.

그런 강훈에게 노형진은 차분하게 말했다.

"어설픈 거짓말은 하지 말아 주시기 바랍니다. 저희 마이스터의 정보력은 익히 아실 테니까요."

"잠시만요."

강훈은 손을 들었다.

"솔직히 말씀드리죠. 이 문제는 제 권한을 넘어서는 부분입니다."

"확인해 주십시오."

"잠시…… 좀 기다려 주십시오. 상부에 연락하겠습니다."

그는 전화기를 들더니 화장실 안으로 들어갔다.

물소리가 들리는 걸 보니 도청을 막기 위해 물을 튼 모양이었다.

그렇게 한 시간쯤 흘렀을까?

마침내 물소리가 멎더니 강훈이 화장실에서 나왔다.

"이 문제는 완전 기밀로 해 주셔야 합니다."

"그러겠습니다."

"영관급은 한꺼번에 말씀드리죠. 대략 이백스무 명 정도 된다고 생각합니다."

노형진은 입술을 깨물었다.

현실적으로 이백스무 명이라는 숫자는 절대 적은 게 아니니까.

"장군급 같은 경우는 준장이 여덟 명, 소장이 세 명 그리고 중장이 한 명입니다."

"네? 그렇게 많다고요? 아니, 미친."

영관급은 이해라도 한다.

사실 영관급으로 묶어서 말했지만 한국에서 영관의 숫자는 만 단위가 넘어간다.

그러니 이백스무 명이라고 해도 이해가 간다.

하지만 장군은 다르다.

군대에서 모든 장교의 꿈이 장군인 데에는 다 이유가 있다. 그만큼 자리가 없기 때문이다.

"공식적으로 한국은 준장이 이백일흔다섯 명, 소장이 백스물다섯 명, 중장이 서른세 명입니다. 대장 같은 경우는 아직 중국이 끼어들지 못하고 있습니다만."

"아직은……이라는 건…….."

"시도는 몇 번이나 이루어지고 있습니다. 사실 저희도 그들에 대해서는 집중적으로 감시하고 있는 상황이니까요."

한국에 대장은 고작 아홉 명이다.

미국이 아무리 우방이라고 한국을 믿는다고 해도, 그들의 뒷조사를 안 할 리가 없다.

"그리고 준장 중 세 명 그리고 소장 중 한 명이 저희와 손잡은 이중 스파이입니다."

"이중 스파이라……. 저쪽입니까?"

"그렇습니다."

즉, 그들은 중국에서 접선했다고 생각하지만 사실 미국에서 원하는 가짜 정보만을 주는 역스파이라는 것이다.

"남은 건 준장 다섯 명, 소장 두 명 그리고 중장 한 명이군요."

"맞습니다."

"도대체 그걸 왜 가만두고 있습니까?"

"미스터 노, 이건 예민한 문제라는 걸 생각해 주셔야 합니다. 만일 우리가 그 부분을 한국에 말한다면 그들은 모두 체포될 것입니다."

"그게 정상 아닙니까?"

"하지만 그 대신에 중국에서 한국에 대한 우리의 감시 시스템을 파악하겠지요. 그러면 장기적으로 그들의 포섭을 감시하지 못하게 됩니다."

"큭."

잊고 있었다.

미국은 한국 편이기는 하지만 여기는 한국이지 미국이 아니다.

그들이 얻은 모든 정보를 한국에 제공할 거라는 것은 지나치게 큰 기대다.

'하긴 미국 입장에서는 한국에 숨어 있는 중국 스파이보다 그들 사이에 숨어 있는 이중 스파이가 더 소중하겠지.'

만일 스파이들을 모조리 쓸어버렸는데 그들만 살아남는다

면 그들은 의심을 피할 수가 없을 것이다.

"그러면 중장 스파이는 누굽니까?"

"3군 부사령관입니다."

"으음……."

하백호가 3군 소속이었다.

3군 부사령관쯤 되면 분명 그의 승진에 영향을 줄 수 있다.

"이 문제를 언제까지 감출 생각이었습니까?"

"솔직히 말해서 저희도 머리 아픕니다. 공개하자니 우리 감시 라인이 걸릴 테고, 안 하자니 이놈들이 승진하면서 지속적으로 세력을 늘리고 있어서요."

강훈도 힘들다는 듯 고개를 흔들었다.

"더군다나 중국 놈들이 아주 그냥 노골적으로 들이밀고 있습니다."

"노골적으로 뭘요?"

"여자입니다."

"여자라……."

하긴 남자, 그것도 군인에게 먹힐 만한 가장 확실한 방법이 뭘까?

바로 미인계다.

군인이라고 하면 여자에게 약한 게 거의 정설이다.

장군쯤 되면 덜할 만도 하지만, 사실 한국의 검증받지 못

하는 군사 내부의 문제를 생각하면 그런 놈들을 걸러 낼 기회가 없기 때문에 덜하다고 볼 수도 없다.

"돈과 미인계 때문에 군인들이 대부분 흔들리더군요."

"하아, 돌겠네."

머리를 북북 긁어 대는 노형진.

이건 진짜 생각도 못 한 상황이었다.

"다른 건 몰라도 중장은 너무하지 않습니까? 하다못해 중장이라도 쳐 내야지요."

"저희도 얼마 전에야 알았습니다. 그렇다고 저희가 타국에서 암살 작전을 시행할 수는 없는 노릇 아닙니까? 애초에 그 중장은 얼마 전까지 중장도 아니었고요."

원래는 소장이었다가 얼마 전에 승진해 중장을 달고 부사령관으로 배치되었다고 한다.

"바로요?"

"그렇습니다."

그건 심각한 문제다.

중장이라고 해서 모두가 다 똑같은 건 아니다.

가령 교육 사령관 같은 경우는 중장들 사이에서는 끝장이라고 본다.

쉽게 말해서 나가기 전에 잠깐 대기하는 수준으로 본다.

육군사관학교장 역시 나가지는 않지만 더 이상 승진 가능성은 없다고 생각해야 한다.

그에 반해 수방사 사령관 같은 경우는 한국 핵심 부대를 지휘하는 만큼 당연히 승진 가능성이 엄청나게 높다.

그중에서도 제일 승진 가능성이 높은 게 각 군의 부사령관이다.

'한국에서 원래 승진 코스는 참모 라인인데.'

웃긴 일이지만 일선 지휘 장교보다는 참모로 승진 라인을 밟는 사람이 더 승진하기 좋은 게 한국의 군 시스템이다.

물론 의무적으로 전투부대를 지휘한 경험을 쌓기는 해야 하지만, 그 경우를 빼고는 참모로만 승진하는 사람이 더 승진이 빠르다.

그중에서 부사령관은 나중에 각 군의 사령관이 될 가능성이 높은 보직 중 하나다.

"저희도 예상하지 못할 정도로 빠르게 중국 스파이 세력이 세를 확장했습니다. 원래는 이 정도는 아니었습니다."

강훈은 머리를 절레절레 흔들며 말했다.

"아무래도 친일파 세력이 줄어들면서 그 부분을 친중파가 싹쓸이하는 것 같습니다만."

강훈의 말에 노형진은 어리둥절해졌다.

"친일파요? 친일파 세력이 왜 줄어들어요?"

침통한 표정을 짓고 있던 강훈은 얼마간 어이없다는 표정으로 말없이 노형진을 바라보다가 입을 열었다.

"……미스터 노, 친일파 세력을 엿 먹인 건 바로 미스터

노입니다."

"아…… 그렇지요."

사실 홍안수가 일본 스파이이다 보니 군 내부에도 친일 성향이 강한 장군들이 많았다.

하지만 홍안수 스파이설이 문제가 되고 한국 내부에서 대대적인 친일파 척살이 일어나자 친일파 장군들이 움츠러들어서 알아서 그만두고 나갔던 것.

스파이 혐의를 뒤집어쓰고 나가면 인생을 종 치지만 미리 나가면 장군에게 나오는 연금이 두둑하니까.

'거기에다 요즘 일본이 망해 간다는 거야 다 아는 사실이니까.'

그러니 군에서 버텨 봤자 의미가 없다고 판단한 것이다.

"나라가 바람 잘 날이 없군요."

노형진은 한숨을 쉬며 말했고, 강훈은 미안한 듯 말했다.

"한국의 정치학적 위치로 본다면 진짜 단군님에게 따져야 합니다."

"하아."

"일단 저희는 그렇게 알고 있습니다. 현실적으로 말씀드리면, 저희가 아직 인식하지 못한 자들이 더 있을 거라 생각합니다."

갑자기 세력이 늘었다.

이유를 알 수 없는 상황에서 이들이 할 수 있는 건 없었다.

"솔직히 말씀드리지요. 저희가 이렇게 사실대로 말씀드리는 건 마이스터의 정보 라인의 도움을 얻어 볼까 해서입니다. 우리의 도움도 없이 군 내부의 정보를 얻은 마이스터라면 다른 정보가 있을지도 몰라서요."

"그 말은……."

노형진은 강훈을 물끄러미 바라보면서 말했다.

"CIA에서도 이들이 갑자기 성장한 이유가 궁금하다는 거군요."

"맞습니다. 갑자기 이 정도로 세를 불렸다는 건 내부에 생각보다 높은 사람이 있다는 건데, 그게 누군지 판단이 되지 않고 있습니다."

남은 중장급 이상에 대해서는 이미 확인이 끝났다.

대장급?

대장급의 경우는 애초에 진급할 때부터 사돈의 팔촌까지 조사가 들어가고, 미국에서는 그들에 대한 심리학적 분석까지 한다.

"그래서 여러 걱정이 많은 게 사실입니다. 저희는 어떻게 해서든 원인을 알아내려고 하고 있습니다만……."

미국조차도 원인을 파악하지 못하는 사태.

결국 CIA는 자신들도 모르는 사이에 대장급이 포섭된 게 아닌가 하는 의심도 하고 있는 상황.

"혹시 들은 게 있습니까?"

"들은 게 없다고 하면…… 거짓말이겠지요."

노형진은 이번에는 노리지 않기로 했다.

사건이 워낙 크다. 장기적으로 이러한 문제를 오래 두면 위험해지는 것은 한국이지 미국이 아니다.

"정보가 있다고요?"

"그렇습니다. 그리고 제 생각, 아니 제 정보로는 아마 CIA가 엉뚱한 곳을 뒤지고 있을 겁니다."

"엉뚱한 곳이라고 하면……."

"인사부 쪽은 뒤져 보셨습니까?"

"인사부요?"

"네."

"인사 쪽의 장군들은 이미 확인해 봤습니다. 하지만 그쪽은 딱히 문제 될 게 없더군요."

노형진은 머리를 긁었다.

사실 맨 처음에는 노형진도 당연히 이 사건을 높은 자리에 있는 누군가가 벌인 거라고 생각했다. 하지만 강훈의 말을 들으면서 한 가지 이상하다는 생각이 들었다.

그들이 위에서 끌어 줄 수는 있다.

하지만 그게 그렇게 한꺼번에 될까?

그건 불가능하다. 아무리 중장이라고 해도 저마다 자기 세력이 있는 법이고, 각자 자기 세력을 위로 올리려고 하는 게 정상이니까.

더군다나 강훈의 말에 따르면 요 근래에 갑자기 성장하기 시작했다고 했다.

그 말은 최근에 위로 끌어올려 줬다는 건데…….

'조직의 형태를 생각하면 그건 말이 안 돼.'

승진 철이라는 게 있다.

거의 모든 조직은 특수한 경우가 아니면 그 시기에 보직을 변경하거나 승진하는 경향이 있다.

물론 대기업에서 회장님 아드님이 일을 배울 겸 다닌다면 또 모를 일이지만, 현실적으로 그런 경우가 아니라면 보통은 정해진 시기에 정해진 과정을 거쳐서 승진하기 마련이다.

"아마, 찾지 못한 그 스파이는 인사 쪽에 있을 겁니다."

"말씀드렸다시피 인사 쪽의 사람들은 스파이 혐의를 벗었습니다만."

"아마 대령이나 준장쯤이겠지요."

"무슨 말씀이신지?"

"결국 누군가를 판단하는 건 서류라는 걸 말씀드리고 싶은 겁니다."

위관의 경우는 어지간하면 문제가 없으면 승진한다.

사실 위관 계급, 즉 소위, 중위, 대위는 3사 출신이나 ROTC 출신들이 많이 퇴역하니 딱히 자르지 않아도 되고, 현실적으로 이 계급은 부족하면 부족했지 충분하지는 않다.

"하지만 영관급이 되면 간단하게나마 그 사람에 대해 조사가 들어가 분석하고 그 실적을 확인하게 됩니다."

그제야 강훈은 노형진이 뭘 말하고 있는지 알아차렸다.

"담당자 말씀이군요."

"맞습니다. 우리가 생각을 잘못했던 겁니다."

만일 정보를 모으는 게 목적이라면 가능한 한 위의 세력을 포섭하는 게 맞다.

장군이라면 충분히 정보를 빼내 올 수 있다.

하지만 세력의 확장이 목적이라면?

인사계를 포섭하면 대부분의 문제는 해결된다.

군대라는 조직은 문제가 생기는 것에 대해 극도로 꺼린다.

그런 만큼 보고서를 작성해서 올릴 때 누군가에 대해 부정적인 말 한두 마디만 살짝 써 줘도 그가 승진하거나 좋은 곳으로 갈 가능성은 낮아진다.

그런데 그걸 과연 원스타, 투스타 같은 사람들이 쓸까?

"결국 실무진이 쓸 수밖에 없지요."

노형진의 말에 강훈은 아차 싶은 표정으로 말했다.

"그쪽으로는 생각해 보지 않았습니다. 정확히는 인사에서도 높은 사람만 확인했지요."

"군대라는 조직은 가능하면 높은 사람을 쓰려고 하는 경향이 있으니까요. 하지만 기행 부대는 실무 부대라는 걸 잊지 않으셔야 합니다."

기행 부대는 이상한 행동을 하는 부대라는 게 아니라 전투

이외의 다른 업무를 주로 하는 부대를 뜻한다.

보급이나 인사 아니면 의료같이 군대의 주요 임무인 전투를 제외한 일반 업무를 하는 부대를 기행 부대라고 하는데, 기행 부대의 특이점은 실무자들의 힘이 강하다는 거다.

"전투부대라면 장교의 힘이 강할 수밖에 없지만요."

가령 의료만 해도 수많은 약이 있는데 어떤 약을 쓸지는 실무자의 결정에 따른다.

민간처럼 의사가 약을 고르고 약국에 없으면 신청하는 구조가 아니라, 부대에 보유한 약 중에서 골라야 하는 구조이기 때문이다.

그래서 실무자가 A사의 약을 선택하면 모든 약이 A사의 제품으로 들어오기 시작한다.

"아마 그다지 계급이 높은 사람은 아닐 겁니다. 하지만 위관급도 아닐 겁니다. 현실적으로 장군에 대한 서류를 작성하는 걸 위관급에게 맡기지는 않을 테니까."

"알겠습니다. 빠른 시일 내에 확인해서 알려 드리도록 하지요."

강훈은 자리에서 일어나서 다급하게 바깥으로 나갔다.

노형진은 그런 그를 보면서 한숨만 쉬었다.

스파이 퇴출 작전

며칠 후 노형진은 강훈을 다시 만날 수 있었다.

강훈은 조사 결과를 내놨는데, 그 결과는 생각보다 당혹스러웠다.

"한아진 중령입니다."

그가 내민 사진은 정복을 입은 한 여자가 웃고 있는 모습을 보여 주고 있었다.

"한아진 중령요? 여자입니까?"

"네."

"조금…… 당혹스럽네요."

"그렇지요. 그래서 저희 감시 라인에서 벗어난 부분이 있었습니다."

한아진 중령은 육군사관학교 출신으로, 흔치 않은 여성 영관급 장교다.

그리고 한국에서 대부분의 여성 장교들은 전투부대보다는 기행 부대, 특히 지원 쪽으로 빠지는 성향이 강하다.

군대 입장에서도 그들을 위해 남자들뿐인 전투부대에 여성 시설을 만드는 게 쉬운 일이 아닌 데다가 여자들 대부분이 비전투 부문을 원하기 때문이다.

가령 전투부대에 여자들을 배치하면 일단 여성 전용 화장실을 추가로 만들어야 하는데 그게 쉽지가 않다. 아니, 불가능하다.

그렇다 보니 남자 화장실의 여러 개의 변기 중 하나를 여성 전용으로 정하는 수준으로 해결하는 경우가 많은데, 아무리 여성 장교라지만 수백 명의 남자들이 들락날락하는 화장실에 맘 편하게 오가기 힘든 게 사실이고, 또 어떻게 볼일을 보고 나오다가 남자를 만나면 그것도 당혹스러운 문제이니까.

"여자라고 해서 스파이를 하지 못할 이유는 없지요."

"그건 그렇지요. 배신에는 남자와 여자가 따로 없으니까요."

배신은 이권의 문제이지 성별의 문제가 아니니까.

"하지만 저희 정보 팀에서 조사할 때 실수한 부분이 바로 그거더군요. 남자 위주로 조사했습니다. 일단 중국이 잘 쓰는 전술 중 하나가 바로 미인계라……."

"설마?"

"남자의 미인계도 잘 먹히죠."

"허."

노형진은 혀를 내둘렀다.

그건 진짜 생각해 보지 못한 부분이니까.

하지만 생각해 보면 남자라고 미인계를 쓰지 못할 이유도 없다.

"그럼……."

"맞습니다. 혹시나 해서 알아봤습니다만."

비상사태인 만큼 장군의 승진을 심사하는 부서에 대해 전면적인 감시를 했고, 그 와중에 한아진 중령에게도 감시 팀이 붙었다.

한아진 중령은 그것도 모르고 자기 할 일을 했는데, 그러던 중에 한 남자를 만나서 모텔로 들어가는 게 확인되었다.

"이 사람입니다."

당시에 찍힌 것으로 보이는 사진을 건네는 강훈.

노형진은 그걸 받아 들고 인정할 수밖에 없었다.

"어쭙잖은 배우쯤은 뺨 때리게 생겼네."

표현이 아니라 진짜로 어설프게 배우 하겠다고 설치는 놈들보다 훨씬 잘생긴 남자가 미소를 지으면서 한아진을 리드하고 있었다.

"시유웬이라고, 중국인입니다. 현재 연중대에 유학 중입니다."

"유학? 학생이란 말입니까?"

"네. 나이가 스물네 살입니다."

"생각보다 어리네요?"

군대에서 중령을 달려면 30대 후반은 되어야 한다.

그런데 스물네 살짜리 애인이라면 누가 봐도 미인계로 의심하기 쉽다.

"이 녀석이 공산당 스파이입니까?"

"스파이요? 아닙니다. 이놈은 공산당 스파이가 아니라 진짜 학생입니다."

"학생이에요?"

"네."

강훈은 조용히 목소리를 낮추며 말했다.

"중국에서 헌법보다 상위에 있는 법이 하나 있습니다. 아십니까?"

노형진은 눈을 찌푸렸다.

현실적으로 어딜 가나 헌법보다 상위에 있는 법은 있을 수가 없다.

물론 헌법을 무시하거나 권력으로 깔아뭉개는 놈들은 있어도, 법 자체가 헌법보다 위에 있을 수는 없는 일이다.

"그게 가능한가요?"

"가능합니다. 중국이니까요. 헌법보다 더 위에 있는 것. 그건 중국 노동당의 당장입니다."

이것이 법이다

"당장요?"

"그렇습니다. 한국어로 표현하자만 당헌이라고 보시면 됩니다. 헌법은 안 지켜도 당장은 지켜야 합니다. 공산당에게 보복당하지 않기 위해서는 말입니다."

"하긴 그렇겠네요."

중국의 공식적인 명칭은 중화인민공화국.

하지만 중국을 지배하는 것은 국민이 아니라 공산당이라고 불리는 단 하나의 당이며, 공산당 자체가 중국이자 전부라고 봐도 무방하다.

"그 공산당의 당장에 이런 규정이 있습니다. 모든 당원은 비밀을 지켜야 하며, 당 조직에서 맡긴 어떤 임무도 완수해야 한다."

"그거……."

"맞습니다. 일반적인 정보 조직에서의 규범과 똑같이요. 현실적으로 중국 당에서 시키면 중국인에게는 거부할 수 있는 권한이 없습니다."

간단하게 말하면 당에서 명령이 떨어지면, 중국인이라면 무조건 스파이 활동을 해야 하는 의무가 있다는 소리다.

"그래서 문제가 되는 겁니다. 지금은 스파이가 아니지만 중국에서 너 스파이 해라 하면 스파이가 될 수밖에 없단 말입니다."

전 세계에 중국인이 없는 나라는 없다.

심지어 많은 기업에서 중국인을 쓰고 있다.

사실 한국에서 짱깨라고 무시하면서 욕하지만, 중국은 어마어마하게 넓은 나라고 인구도 어마어마하게 많다.

당연히 재능 넘치는 사람도 많다.

다만 극단적 빈익빈 부익부 때문에 재능을 키울 수 있는 사람이 많지 않을 뿐.

"결국 해외에 나와서 공부할 정도의 능력이 되는 사람들은 당원이나 당원의 자식이라는 걸 의미하죠."

그러니 중국에서 당의 명령이라는 한마디만 하면 그들은 목숨을 걸고 뭐든 정보를 빼내서 넘겨야 한다.

"농담이 아니라 진짜 목숨을 걸어야 합니다. 웃긴 일이지만 해외에서 그게 걸리면 감옥에 가는 걸로 끝나지만, 신고하거나 작전 중 발각되면 중국 정부에 의해 암살당하니까요."

그렇다 보니 진짜 목숨을 걸고 하는 수밖에 없는 게 현실이다.

"아마도 이 시유웬은 그렇게 중국 정부에 포섭되었을 가능성이 높습니다. 부모는 의사더군요. 당연히 당원이고요."

잘생긴 시유웬이 접근해서 한아진을 유혹하게 만들고, 그렇게 유혹된 한아진을 이용해서 중국에 넘어온 장교들의 인사고과를 조작해서 그들을 승진시키는 방법으로 한국 정부 내부에 강력한 친중파 세력을 만드는 것.

그게 지금까지 중국 정부에서 하던 일이었던 것이다.

"일단 이 문제를 해결하기 위해 한국 정부에 말해서 한아진을 보직 해임시킬 생각입니다. 그리고 이런 인사 팀 쪽에 대한 새로운 감시 시스템을 만들어야 한다는 의견도 제시할 생각입니다."

말이 의견 제시지 미국에서 이런 말을 하면 한국 정부는 '앗, 뜨거!' 하면서 받아들일 수밖에 없을 것이다.

"아니요. 그 전에 그 여자를 다른 방법으로 잡아들이는 게 맞다고 생각합니다."

"다른 방법요?"

"그렇습니다. 전에 한국 내 감시 시스템을 지키려면 이쪽의 존재를 감춰야 한다고 하지 않았던가요?"

"그건 그렇습니다만, 저런 여자를 계속 두면 우리가 너무 위험해집니다. 특히나 승진 철이 되면 점점 더 많은 중국 세력이……"

"압니다, 알아요. 제가 말하는 건, 한국 정부에 적당한 핑계를 만들어 줘야 중국이 자신들의 라인이 걸렸다는 걸 모를 거라는 겁니다."

"우리가 말하는 게 아니고요?"

"말하는 게 맞습니다만, 중국에서 의심하지 못하게 해야 한다는 거지요."

"적당한 방법이 있습니까?"

노형진은 고개를 끄덕거렸다.

"한국에서 공무원과 군인에게는 품위 유지의 의무라는 게 있습니다."

합법적인 행동만 해야 하는 건 당연한 일이다.

하지만 합법적이거나 법에 제재 규정이 없는 행동을 했다 해도 결과적으로 공무원이나 군인의 명예를 훼손하면 그 건에 대해서는 처벌할 수 있다.

"스파이 행위는 명백하게 불법입니다. 품위와는 관련이 없는데요?"

"품위와는 관련이 없지요. 하지만 남편과는 관련이 있을 걸요."

"남편? 아하! 불륜으로 엮어 들이자는 거군요."

"맞습니다."

30대 후반의 여성 중령이라면 결혼했을 가능성이 크다. 그렇다면 그 배우자가 이 사실을 알게 되었을 경우 어떻게 할까?

"당연히 소송하려고 하겠지요."

그리고 그에 대한 손해배상이나 재산에 관해 압류가 들어가야 한다.

"국방부에서는 품위 유지 위반으로 그녀를 보직 해임할 수 있습니다."

"그러면 우리가 감시해서 걸린 거라는 의심은 피할 수 있겠군요."

"맞습니다."

노형진은 고개를 끄덕거렸다.

"그러면 그 부분은 저희가 해야 할 것 같네요."

CIA에서 남의 불륜까지 조사해서 소송을 맡길 수는 없는 노릇이다. 하지만 새론은 가능하다.

"아마 남편분도 기꺼이 도와주실 겁니다."

⚖️

"어어억."

남편인 서종태는 목덜미를 잡고 쓰러질 듯 휘청거렸다.

서종태는 의외로 공무원이었다.

그것도 하필이면 세종으로 파견되어 있던 공무원.

"이런…… 미친년."

뒷목을 잡고 끙끙거리던 그는 다급하게 품을 뒤져 혈압 약을 몇 개 꺼내서 먹었다.

진짜 이러다 고혈압으로 죽을 수도 있다고 생각한 모양이었다.

"바람피운 것도 모자라서, 스파이라고요?"

"그렇습니다. 서종태 씨에게는 죄송합니다만 이미 확인된 사실입니다."

"이런 개 같은……. 내가…… 내가…… 이 씨발……."

그녀가 스파이라는 건 심각한 문제다.

바람? 피울 수 있다.

사실 서종태도 자신이 세종시로 파견된 시점에서 그럴 가능성에 대해 걱정한 것은 사실이다. 주변에서 그런 이유로 이혼하는 부부들이 적지 않았기 때문이다.

그런데 이제 그건 문제도 아니게 생겼다.

중국 스파이란다.

그것도 중국의 미인계에 넘어가서 스파이 노릇을 했단다.

"그래서 말인데, 이혼소송을 해 주셨으면 합니다."

"이혼소송? 해야지요! 당연히 해야지요! 애들 양육권도 제가 가지고 올 겁니다. 씨발…… 애들한테 뭐라고 해야 합니까? 너희 엄마가 너희를 버렸다? 너희 엄마는 조국을 배신한 매국노다?"

서종태는 절망적으로 머리를 부여잡으며 울었다.

분노와 울분과 서러움 그리고 슬픔 등 온갖 부정적인 감정이 그를 뒤흔들고 있었다.

"내가 조금만 참자고 했습니다. 발령 신청을 냈으니까 조금만 참자고……. 그러니까…… 그러니까 애들이랑 같이 살자고……. 그런데…… 그런데……."

분노가 지나가자 서종태에게 슬픔이 몰려왔다.

3군 사령부는 용인에 위치하고 있다. 그렇다 보니 세종시로 발령된 그는 가족과 함께 살 수가 없었다.

3군 사령부 소속인 아내 한아진이 세종시로 발령을 받는 것도 힘들었고, 또 군사령부에서 나온다는 것 자체가 승진과 멀어지는 것이기에 아내와 아이들만 두고 서종태 홀로 이곳으로 내려왔다.

"크흐흑……."

좁디좁은 고시원에서 잠을 자며 돈을 벌어서 모두 자식들에게 보내며 이를 악물던 그였다.

그런데 결국 배신당하다니.

"미안합니다, 제가 이런 소식을 전할 수밖에 없어서."

"끅끅끅……."

서종태는 그저 울 수밖에 없었다.

분노라는 감정보다도 후회라는 감정이 더더욱 강하게 몰려왔다.

무려 세 시간 가까이를 울고 나서야 그는 그나마 조금 정신을 차렸다.

"그러면 제가 뭘 어떻게 해야 합니까?"

"말씀드렸듯이 이혼소송을 내시면 됩니다. 그리고 불륜에 대한 손해배상으로 법원을 통해 월급을 압류하시면 됩니다."

이혼소송이 진행된다고 따로 법원에서 국방부에 알려 주는 것은 아니다. 그렇기 때문에 따로 통지해야 하는데, 월급 압류만큼 확실한 방법은 없다.

"물론 소송을 유리하게 끌고 가시려면 현장을 급습해야 합니다만……."

"하겠습니다."

눈에 불을 켜는 서종태.

그의 눈에는 이제 악과 분노만이 남아 있었다.

"우리 애들, 잘 키워야 합니다. 그 미친년한테서 받아 낼 수 있다면 뭐든 다 받아 낼 겁니다."

"그러면 장소를 알려 드리겠습니다."

노형진은 착잡한 마음으로 그를 다독거렸다.

비정하지만 어쩔 수 없는 현실이었다.

⚖️

"저기 있습니다."

노형진은 한아진과 시유웬이 자주 만나는 모텔로 향했다.

서종태의 눈은 붉게 물들어 있었다.

"으음……."

서종태는 치밀어 오르는 분노를 애써 씹어 삼키며 신음을 줄이려고 노력했다.

자신의 아내가 낯선 남자와 같이 모텔에 들어가는 걸 본 남자의 기분이 어떨지는 누구나 예상할 수 있었기에 노형진은 그런 그를 말리지 않았다.

"죽여 버리고 싶네요…… 진짜."

그나마 극도로 분노를 삼키면서 한 말이 그 말이었다.

이것이 법이다

사람은 너무 화나면 도리어 욕도 안 나온다고 하더니 지금
이 딱 그 상황이었다.

"죽이시면 곤란합니다. 자녀분들을 생각해야지요."

"알고 있습니다. 알고 있는데……."

서종태는 주먹을 꽉 쥐고 있었다.

아무리 머리로 이해한다고 해도 가슴으로까지 이해할 수
는 없을 테니까.

"다시는…… 다시는 이런 거 보고 싶지 않습니다."

"미안합니다."

서종태는 아무 말 하지 않았다.

이제 와서 이런 말 들어 봤자 바뀌는 것도 없고, 애초에 노
형진이 잘못한 것도 없으니까.

만일 노형진이 아니었다면 그는 평생을 속고 살아야 했을
것이다.

"지금 들어가면 됩니까?"

"조금 시간을 두고 들어가지요."

웃긴 일이지만 현행법에서 불륜을 입증하기 위해서는 단
순히 정황만으로는 안 된다.

사랑한다는 문자나 같이 호텔로 들어가는 장면은 정황상
의 증거일 뿐이지 명백한 불륜의 증거는 아니다.

그런 만큼 노형진의 입장에서 확실하게 잡기 위해서는 확실
한 불륜의 증거, 즉 두 사람의 생식 행위가 이루어져야 한다.

서종태에게는 미안하지만 그게 현실의 법이 요구하는 것이었다.

　　"이쯤에서 들어가죠."

　　노형진이 그를 데리고 들어가자 한 남자가 촬영을 위해 뒤따라왔다.

　　당연히 서종태가 부탁한 사람이었다. 증거가 필요하니까.

　　세 사람이 살벌한 분위기로 안으로 들어오자 카운터에 있던 사람이 아차 하는 눈빛으로 전화기를 잡으려고 했다.

　　그 순간 노형진은 변호사 신분증을 내밀었다.

　　"그거 내려놓으시고……. 혹시나 허튼 생각을 하신다면 확실하게 망하게 해 드리겠습니다."

　　그 말에 카운터에 있던 남자는 전화기에서 슬쩍 손을 뗐다.

　　"방금 올라간 남녀 어디 있습니까?"

　　"그건 투숙객의 비밀입니다만."

　　"그래요?"

　　노형진은 피식 웃었다.

　　안다, 그런 정보를 쉽게 줄 리 없다는 걸.

　　여기서 불륜이 걸리면 여러모로 복잡해지고 소송도 해야 하니까.

　　"여기에 불륜 커플 많지요?"

　　"네?"

　　"뭐, 비밀은 침해하지 않겠습니다."

노형진이 그렇게 말하면서 바깥으로 손짓하자 한 무리의 사람들이 안으로 들어왔다.

"뭐…… 뭐 하시는 겁니까?"

확실히 그건 그렇다. 현행법에 따르면 노형진은 그들에게 협조 요청을 할 수 있을 뿐, 그들이 협조를 거부한다 해도 강제할 수단은 없다.

"뭐긴요, 법적인 한계 내에서 범인을 잡으려고 하는 거죠."

안으로 들어온 사람들은 방 번호에 불이 꺼진 방 앞으로 가서 문을 두들기기 시작했다.

"나오세요! 여기 계신 거 압니다! 불륜 중인 거 아니까 나오세요! 남편분이 같이 왔습니다!"

안쪽에서 우당탕 소리가 들리더니 다시 침묵이 찾아왔다.

"뭐…… 뭐 하는 거예요!"

다급하게 따라온 주인은 기겁했다.

이런 모텔은 불륜을 저지르는 커플들이 많이 오는 곳이다.

당연하게도 입구에 누가 서서 이런 말을 하면 그 누구도 나오지 않으려고 한다.

"나오세요. 나오실 때까지 기다릴 겁니다. 아, 도망갈 생각은 마세요. 차량들 다 감시하고 있고요, 정문 바깥에서 사진 다 찍고 있습니다."

"야, 이…… 미친……! 뭐 하는 거야!"

길길이 날뛰는 모텔의 주인에게 노형진은 피식 웃으며 말했다.

"호텔이나 모텔은 다중 이용 시설입니다. 방이라는 공간에 저희가 들어갈 수는 없지요. 맞아요. 하지만 다중 이용 시설 바깥에서 기다리는 건 불법이 아닙니다. 문밖에서 이 시설을 이용하는 사람들을 채증하거나 해서 그 상대방에게 증거로 주어 이혼소송 수임료를 받아 낸다거나."

핼쑥한 표정으로 노형진을 바라보는 주인.

"여기 모텔, 시설도 좋으니 아무래도 불륜 커플이 겁나 많이 오겠는데요?"

모텔 망하게 하는 거? 다 필요 없다.

앞에 카메라 든 사람 하나만 세워 두면 된다.

설사 아무리 불륜 커플이 아니라고 할지라도 누군가 모텔 입구로 가는 걸 찍어 대면 그 어떤 커플도 그 모텔로 가려고 하지 않는다.

"제발…… 제발 그만해 주세요. 제발."

"제발 그만하긴요. 그냥 끝까지 가 보렵니다. 뭐, 여기 틀어막고 있으면 누구 하나는 나오겠지요. 굶어 뒈지기 싫다면."

노형진의 말에 결국 주인은 다급하게 스페어 키를 가지고 왔다.

"5, 503호입니다. 확실합니다! 당신들이 들어오기 전에 들어온 건 그 사람들뿐이었습니다."

그건 맞다. 노형진과 서종태가 계속 감시하고 있었으니까.

"올라가 보도록 하지요."

노형진은 서종태를 데리고 503호로 향했다.

다행히 인력이 부족해서 5층까지는 사람이 올라가지 못해 아직 조용했다.

"들어가시죠."

노형진은 천천히 열쇠를 넣고 돌렸다.

그리고 철컥하고 문이 열리는 순간, 서종태가 문을 확 밀고 뛰어들어 갔다.

"이 개 같은 잡놈들아!"

그가 소리를 지르며 들어갔을 때 그 둘은 막 침대에 누워서 관계 중이었다. 그들은 그대로 얼어붙었다.

"여…… 여보?"

얼어붙어 있던 한아진이 입을 조심스럽게 열자 서종태의 눈이 돌아갔다.

"여보오? 그 더러운 입에서 여보오? 죽여 버릴 거야! 이 씨발, 죽여 버릴 거야!"

결국 터져 버린 서종태를 노형진은 다급하게 말렸다.

"진정하세요! 진정!"

"진정? 이 상황에 진정?"

완전히 눈이 돌아간 서종태는 아무래도 쉽게 진정될 것 같지 않았다.

그런데 그 상황에서 생각지도 못한 변수가 나타남으로써

방 안의 공기는 차갑게 식어 버렸다.

"엄마?"

모두의 시선이 한쪽으로 돌아갔다.

입구에 중학생으로 보이는 아이들 두 명이 있었다.

"어…… 어떻게……?"

아이들을 보고, 눈이 뒤집어져 있던 서종태의 이성이 돌아왔다.

"엄마…… 엄마가 어떻게 이럴 수 있어?"

한 아이는 말도 안 된다는 듯 말했고, 다른 아이는 멍하니 보고 있다가 그대로 튀어 나가 버렸다.

"어, 어……? 빨리 잡아요!"

노형진은 상황을 알아차리고 빨리 그 아이를 잡으라고 했고, 서종태는 다급하게 딸의 눈을 가리고 모텔 방에서 빠져나갔다.

"어떻게! 어떻게 이럴 수 있어! 어떻게!"

아빠에게 안겨 나가는 딸아이의 절규.

그걸 들으며 노형진은 차가운 눈빛으로 한아진을 노려보았고, 한아진은 절망한 듯 그대로 주저앉을 수밖에 없었다.

⚖

"어떻게 된 겁니까?"

이것이법이다

일단 노형진은 아이들을 여직원에게 맡기고 경찰을 현장으로 부른 다음 서종태를 이끌어 냈다.

"설마 애들을 여기로 부르신 건 아니죠?"

아무리 아내가 싫다지만 그건 절대 해서는 안 되는 일이다.

이혼이야 어른의 문제이지만 아이들에게 이러한 충격을 줘서는 안 된다.

"내가 미쳤다고 그랬겠습니까? 아이들도 요즘 엄마가 이상하다고 생각했다고 합니다."

그렇잖아도 바쁜 엄마이기는 하지만 요 근래 들어서 너무 바빠지고 필요 이상으로 예쁘게 꾸미는 걸 보고 직감적으로 뭔가 있다고 생각했다고 한다.

그리고 아버지인 서종태가 왔을 때 일이 제대로 틀어졌다고 생각했다는 것이다.

아무리 어리다지만 서종태의 행동이 이상하다는 것쯤은 알아챌 수 있는 나이였기에, 두 아이는 서종태가 집을 나서자 몰래 따라 나왔던 것.

"하아."

"노 변호사님, 어떻게 합니까?"

"어떻게 하긴요, 당장 두 아이들 심리 상담 치료부터 등록하세요. 애들 인생 망칩니다."

"알겠습니다. 그리고 두 연놈은……."

"일단 현행법상 불륜은 처벌 규정이 사라졌습니다."

경찰을 부른 이유는 두 사람, 특히 시유웬의 신분을 공식적으로 확인시키기 위해서다.

현장에서 그들의 기록을 확인하려면 경찰이 있어야 하니까.

"일단…… 아이들을 데리고 집에서 나오세요. 호텔에 들어가시든 어딜 가시든, 그곳을 떠나세요."

그들의 집은 한때 한아진과 함께 살았던 곳이다.

그 집에 있는 이상 그 상황이 계속 생각날 테니, 아이들에게 큰 충격으로 남을 수밖에 없다.

"집도 판매하시고요. 아예 그 지역을 떠나세요. 어차피 직장이 세종시니까 그쪽으로 내려가시는 것도 나쁘지 않을 겁니다."

한아진을 엮는 건 성공했고, 시유웬은 이제 소송이 들어갈 것이다.

'사실 돈이 중요한 건 아니지만.'

노형진은 이를 뿌드득 갈았다.

⚖️

한아진에 대해 소송이 진행되기 시작하자 국방부에서는 노형진의 예상대로 품위 유지 위반을 이유로 그녀를 보직 해임시켜 버렸다.

그래서 당장 그녀가 중국을 위해 뭔가를 하는 것은 불가능해졌다.

"하지만 마땅한 증거가 없지 않습니까? 불륜이 유일한 증거고요."

한아진은 불륜에 대해서는 인정했다.

인정할 수밖에 없었다. 현장에서 걸렸으니까.

하지만 중국과 관련해서는 아무 상관 없다고 주장하고 있었다.

다만 시유웬이 너무 잘생겨서 사귀었다는 정도였다.

실제로 시유웬이 무척이나 잘생기기는 했다.

"한아진이 자신이 관련된 부분을 인정해야 다른 장군들과 장교들에 대한 조사를 시작할 수 있는데 그녀는 아무런 말도 하지 않고 있습니다."

"당연히 하지 않겠지요."

불륜이라고 해도 처벌은 기껏해야 해직 정도지만 반역이라고 하면 이야기가 달라진다.

세상 누가 감옥에 가고 싶어 하겠는가?

더군다나 한아진은 군인이다.

당연히 군인은 이런 경우에 가중처벌받는 것이 사실이다.

그런 만큼 절대로 인정하지 않을 것이다.

"차라리 다른 쪽에서 협상하는 게 나을 겁니다."

"다른 쪽요?"

"네. 한아진에게 스파이 혐의를 씌운 후에 형량 협상을 걸면서 주변의 중국계 스파이를 불도록 하면 됩니다."

"하지만 아까도 말씀드렸다시피 한아진이 인정을 하지 않는다니까요."

강훈은 말도 안 된다는 듯 반박했다.

하지만 노형진에게는 생각이 있었다.

"제가 언제 인정하게 하자고 했습니까? 씌우자고 했지요."

말하면서 노형진은 씩 웃었다.

"씌우자고요?"

"하나만 묻지요. 중국에서 CIA가 할 수 있는 작전의 범위가 어디까지입니까?"

"그건……."

"아, 질문이 잘못된 것 같네요. 필요하면 암살이라도 할 테니 질문을 바꾸죠. 특정 인물들을 며칠간 실종시킬 수 있습니까?"

"며칠간요?"

"그렇습니다. 며칠간입니다. 죽이거나 고문하라는 게 아닙니다. 다만 진짜로 며칠간만 완전히 고립시키는 게 가능합니까?"

"불가능한 건 아닙니다."

납치해서 가두어 두면 그만이다.

CIA라고 의심받는 거? 그냥 돈을 달라고 하면 된다.

실제로 중국에서는 부자들을 납치해서 돈을 요구하는 범죄행위가 판을 치니까.

"그러면 시유웬의 부모를 당분간만 실종 처리시켜 주십시오."

노형진의 말에 강훈은 믿기지 않는다는 듯 물었다.

"그거면 됩니까? 시간은 얼마나요?"

"길어도 두 달은 안 걸릴 겁니다. 그리고 중국어에 능숙한 중국계 요원들을 준비시켜 두시고요."

"그런 사람들은 언제든 준비되어 있습니다만?"

"그러면 남은 건 실행뿐이군요, 후후후후."

⚖️

시유웬은 잔뜩 긴장한 시선으로 주변을 바라보았다.

지난번 작전이 실패한 후에 당에서는 당분간 조심하라는 말만 해 왔기 때문에 그냥 그렇게 끝날 거라 생각했다.

하지만 며칠 전부터 부모님들과 연락이 되지 않았다.

집에 전화해 봤지만 받는 사람은 없었다.

중국은 산아제한 때문에 자식이라고는 그밖에 없어서, 딱히 물어볼 수 있는 사람도 없었다.

심지어 부모가 일하는 병원에서도 갑자기 의사가 나오지

않는다면서 난리가 난 상황.

"아…… 안 돼……."

중국에서 작전에 실패한 요원은 처분된다는 소문은 오래전부터 있어 왔다.

잡혀서 중국에 대해 불어 버릴지도 모르는 위험을 감수하느니 차라리 죽여 버리는 게 더 안전하니까.

중국 정부 입장에서는 사실 진짜 스파이도 아닌데, 쓰고 버리는 민간인에 대해 미래를 보장할 필요는 없다.

따라서 부모님이 사라진 상황이라면 거의 확정적이라고 봐야 한다.

"너 왜 그래?"

친구가 지나가면서 시유웬을 툭 쳤다.

그는 시유웬이 어떤 상황인지 몰랐으니까.

"으아아악! 깜짝이야!"

"아이고, 내가 더 놀랐다. 이 새끼야, 왜 그래? 아니, 며칠 전부터 눈도 풀리고."

"아니야."

"아니긴 뭐가 아니야. 요즘 정줄 놨더만."

친구는 타박했지만 그는 믿을 수 있는 게 없었다.

차라리 자신에게 직접 일이 터졌다면 괜찮을 것 같았다. 하지만 부모가 실종된 이후부터는 모든 게 다 두렵고 괴로웠다.

"아니야. 난 괜찮으니까……."

그는 친구에게 대충 손을 저어 보였다.

"아니야. 너 진짜 이상해. 하여간 나 간다."

수업을 마친 친구는 먼저 돌아갔고, 시유웬도 심호흡하면서 집으로 향했다.

하지만 어느 순간 구석에 있는 봉고를 보고는 우뚝 멈출 수밖에 없었다.

처음 보는 차였다.

물론 봉고, 아니 승합차야 하루 이틀 본 게 아니니 이상할 건 없다.

그런데 그 옆에 있는 사람들이 이상했다.

허름한 복장을 한 남자들은 승합차 옆에서 한데 뭉쳐서 담배를 피우고 있었다.

그리고 그 모습이 어째서인지 시유웬의 신경을 거슬리게 만들고 있었다.

시유웬이 그쪽을 물끄러미 바라보고 있자 그를 발견한 한 사람이 옆 사람을 툭 쳤다.

그와 동시에 시선이 모두 시유웬 쪽으로 향했다.

그들은 서로를 바라보며 눈짓을 했다.

그러더니 한 명이 차에 타고 시동을 걸었다.

시유웬은 왠지 모를 두려움에 주춤주춤 뒷걸음질을 쳤다.

그러자 그 사람들은 천천히 시유웬 쪽으로 다가오기 시작했다.

그리고 승합차가 그 뒤로 천천히 따라왔다.

"아…… 안 돼……."

시유웬은 그걸 보고 눈이 뒤집어졌다.

중국에서 실종이라는 것은 죽음을 뜻한다.

그런데 그의 아버지와 어머니가 사라졌다.

그리고 그는 저질러서는 안 되는 잘못을 저질러 버렸다.

"으아아!"

시유웬은 다급하게 큰 도로를 향해 뛰기 시작했다.

도중에 발을 헛디디는 바람에 놓친 가방이 저편으로 나동 그라질 정도로 심하게 바닥을 굴러 옷이 찢어지기까지 했지 만, 그는 다시 일어나 미친 듯이 뛰기만 했다.

"잡아!"

"꼭 잡아!"

등 뒤에서 들리는 익숙한 중국어 발음.

시유웬은 그들이 원하는 게 뭔지 어렵지 않게 알 수 있었다.

바로 '영원한 침묵'이었다.

스파이가 걸리는 것은 여러모로 복잡한 문제를 야기한다.

일단 정치적 부담도 있고, 그 부담으로 인해 정치적 문제 에서 상당수 양보해야 한다는 부분도 있다.

당연히 중국 입장에서는 그걸 봐줄 생각이 없다.

어차피 써먹을 수 있는 인간은 넘쳐 나니 인간의 가치를 똥으로 보는 게 중국이다.

"잡아!"

중국인들의 말에 시유웬은 도로로 뛰어들었다.

그리고 가장 가까이에 있는 편의점에 들어가 다급하게 문을 잠갔다.

"뭐…… 뭐 하시는 거예요!"

가게를 지키던 여자 아르바이트생이 놀라서 외쳤다.

하지만 시유웬의 입장에서는 그녀가 겁먹은 건 조금도 중요하지 않았다.

"경찰! 경찰을 불러 주세요!"

⚖

"확실히 중국 사람이었다는 거죠?"

"네."

"흠……."

경찰은 신고를 받고 출동해서 조사했다.

그리고 그에게 조심스럽게 말했다.

"일단 저희가 해 드릴 수 있는 건 없습니다."

"없다니요!"

"납치 사건이 일어난 게 아니라 그저 남자들이 따라온 거라면서요?"

"저를 납치하려고 했단 말입니다!"

"그게 문제예요. 저희는 그런 경우에 어떻게 대응할 방법이 없어요."

경찰은 앞으로 일어날 사건을 막는 존재가 아니라 이미 일어난 사건을 해결하는 존재들이다.

만일 누군가가 다른 사람을 납치하려 한다면 경찰은 경호하는 게 아니라 납치범을 잡아야 한다.

그런데 이번에는 그게 쉽지 않았다.

"일단 말씀하신 차량 번호 말입니다, 그거 도난 차량입니다."

"도난 차량요?"

"네, 도난된 지 벌써 5일이나 지났습니다. 도난처도 보성으로 나오네요. 도대체 왜 그게 용인에서 튀어나왔는지 모르겠지만······."

"보성이 어디입니까?"

"아주 먼 곳입니다. 일단 도난 차량이라 저희가 추적하는 데에는 한계가 있고요. 따라왔다고 주장하는 사람들도 제대로 찍힌 게 없습니다. 얼굴만 보고 사람들을 추적하는 것도 불가능하고요."

"왜 내 말을 안 믿어요! 그 사람들, 중국 사람들이란 말입니다!"

"그러면 더 추적은 불가능합니다. 한국 사람과 다르게 지문이 있는 것도 아니고."

이야기하던 경찰은 자신의 무전기가 지직거리며 신호를

보내자 잠깐 대화한다고 손을 흔들며 시유웬에게서 멀어지
더니 잠시 후 다시 다가왔다.

"방금 신고가 들어왔습니다. 해당 차량이 발견되었다고
하는군요. 불에 타는 채로 발견되었답니다."

"불에 탔다고요?"

"네."

그 목적은 뻔하다. 흔적을 지우는 거다.

혹시나 그 안에 증거를 흘렸을 때를 대비해서 깔끔하게 태
워 버리는 게 모든 면에서 안전하고 좋으니까.

"일단은 저희가 접수는 해 드리겠습니다만……."

경찰은 어쩔 수 없다는 듯 사건을 접수하고 떠나 버렸다.

시유웬은 침을 꿀꺽 삼켰다.

중국에서 자신을 노리고 있다는 압박감은 거의 미칠 것 같
은 일이었다.

"야! 시유웬! 너 무슨 짓을 한 거야?"

시유웬이 피곤한 표정으로 학교로 갔을 때였다. 갑자기 친
구가 다가왔다.

그는 시유웬과 함께 한국에 유학을 온 친구였다.

"왜 그래?"

"내가 묻고 싶은 말이다. 지금 상황이 어떤지 알아?"

"뭐?"

"지금 여기 중국 유학생들에게 명령이 떨어졌어, 너를 감시하고 너에 대한 모든 정보를 제공하라고."

시유웬의 눈이 커졌다.

"뭐? 누가?"

"누구겠냐! 공산당이지! 우리가 공산당의 말에 저항할 수 있는 방법이 없잖아!"

"말도 안 돼! 내가 무슨 짓을 했다고!"

"그래! 그래서 나도 묻는 거야! 너 도대체 무슨 짓을 한 거야? 당에서 너와 관련된 모든 정보를 조사하고 제공하라는 명령이 떨어졌다고. 너 진짜 반역이라도 하려고 한 거야?"

"대학도 졸업 못 한 내가 무슨 반역이야."

"그러니까 묻는 거지! 내가 아무런 힘이 없으니까, 돕고 싶어도 도와줄 수 있어야 말이지."

친구 입장에서는 갑자기 당에서 떨어진 시유웬에 대해 조사하고 그의 일상을 보고하라는 명령을 당연히 경계할 수밖에 없었다.

다른 사람들은 당연히 그걸 비밀로 하고 조용히 시유웬에 대해 보고하고 있겠지만, 그는 시유웬의 가장 친한 친구였기에 그럴 수가 없었다.

"나…… 나는……."

"도대체 뭔 짓을 했는데 당에서 이러는 거야? 어?"

아무도 없는 복도에서 친구는 주변을 잔뜩 경계하며 물었다.

시유웬의 손이 부들부들 떨렸다.

'찍혔구나.'

단순히 찍힌 정도가 아니다.

자신은 반동으로 분류된 게 분명했다.

그렇지 않다면 일이 이 지경까지 되지는 않는다.

당장 자신도 그리고 자신의 부모도 공산당 당원이다.

그럼에도 불구하고 이렇게 감시가 들어온다는 것은, 이미 자신에 대한 처분이 결정되었다는 걸 의미한다.

"그러고 보니 너…… 얼마 전에 가족들이랑 연락이 끊어졌다고 하지 않았냐?"

"……."

눈을 데굴데굴 굴리던 친구는 슬쩍 뒷걸음질 쳤다.

그리고 주춤주춤 물러나더니 다급하게 그곳을 벗어났다.

"자…… 잠깐만……! 야! 야!"

시유웬은 다급하게 친구를 불렀지만 이미 친구는, 아니 친구였던 자는 저 멀리 도망가고 있었다.

시유웬은 미칠 것 같았다.

자신을 감시하는 시선이 한두 개가 아니었다.

수업을 들을 때도 있었고, 밥을 먹을 때도 있었다.

식당에서도, 심지어 자신의 집에서조차도 시선이 느껴질 정도였다.

그건 절대 환각이 아니었다.

"도대체 뭘 하신 겁니까?"

그의 집에 온 도청 장치 검사관은 질렸다는 듯 말했다.

"지금까지 여러 곳을 조사해 봤지만 도청 장치만 세 개에 카메라만 네 개인 집은 처음 봤습니다."

더군다나 여기는 넓은 집도 아니고 고작 작은 투룸이다.

그나마도 하나는 드레스 룸으로 쓰고 있다.

그런데 이 정도의 카메라라니.

몰카를 전문적으로 검사하는 회사의 검사관 입장에서는 남자 집에 이 정도의 도청과 감시가 이루어지는 것은 처음이었다.

일반적으로 몰카의 피해자들은 여성이 많다.

물론 남자 피해자가 아예 없는 것은 아니다.

하지만 그런 경우에는 다 이유가 있는 법이었다.

"도대체 무슨 일입니까? 누군지 모르겠지만 아주 작심하고 붙은 것 같은데."

"그게 아닙니다. 감사합니다."

말을 흐리면서 그를 내보낸 시유웬은 상황을 보고 확신했다.

만일 중국으로 가면 그는 죽는다.

물론 여기서 죽을 수도 있지만, 타국인 이상 최대한 감시만 하려고 할 것이다.

'문제는 비자야.'

얼마 후면 비자가 끝나니 중국으로 돌아가야 한다.

사실 비자가 아니더라도 당장 부모님이 준 돈이 떨어져 가고 있어 중국으로 돌아가야 했다.

현실적으로 그가 받은 비자는 학생 비자이기 때문에 취업해서 돈을 번다는 건 불가능하다.

학생 비자로는 취업 활동을 못 하게 되어 있기 때문이다.

설사 취업한다고 하더라도, 시유웬의 취업이 가능하다는 건 다른 중국인도 취업이 가능한 곳이라는 의미다.

당연히 중국은 같은 직장 내의 다른 중국인을 이용해서 계속 자신을 감시할 것이다. 누구도 중국 공산당의 말을 거역할 수는 없으니까.

'방법은 하나뿐이야.'

시유웬은 침을 꿀꺽 삼켰다.

살 수 있는 방법은 하나뿐이라는 사실에 그의 가슴은 미친 듯이 답답해졌다.

⚖

"우리는 중국 공산당의 그 규정이 문제가 될 거라고만 생각했습니다."

강훈은 솔직히 인정할 수밖에 없었다.

중국공산당의 당헌. 그로 인해 모든 중국인은 스파이가 될 수밖에 없는 치명적인 시스템을 가지고 있다.

"하지만 미스터 노가 제시한 방향은 우리의 상상을 뛰어넘는군요."

노형진은 그들을 막거나 협박하지 않았다.

그랬다가는 문제가 되니까.

"그들은 민간인이니까요."

노형진이 노린 것. 그건 다름 아닌 중국인들에게 공산당으로서 접근하는 것이었다.

미국이든 한국이든, 중국인들은 공산당에 대한 극단적인 두려움을 가지고 있다.

필요하다면 그게 누구든 죽여 버리니까.

"그러니 우리가 공산당이라고 하면서 접근하면 당연히 그들은 두려움에 떱니다."

혹시 당신이 공산당원이 맞느냐고 묻는 자는 없을까?

없다. 그건 공산당원더러 '나 죽여 주십시오.'라고 말하는 꼴이다.

공산당은 반문을 허락하지 않는다.

공산당에 대한 질문이나 의심은 가족의 죽음으로 증명된다.

"그러니 어떤 나라든 중국인에게 공산당이라고 접근해서

스파이 요구를 할 수 있습니다."

만일 거절한다면 그는 충성심을 인정받지 못해, 감시받거나 쫓겨난다.

그러나 반대로 받아들인다면 진짜 공산당에게 사살될 가능성이 무한대로 증가한다.

"물론 완벽하게 할 수는 없겠지만요."

하지만 그것만 가지고도 충분히 많은 정보를 캐낼 수 있다.

가령 공산당이라고 접근해서 진짜 공산당에 충성하는 자를 골라낼 수도 있고, 또 타국과의 분란을 만들어 낼 수도 있다.

"바로 지금처럼 말이지요."

시유웬은 중국에 쫓기고 있다.

그렇게 생각할 수밖에 없다.

지금까지 그를 추적했던 사람도 중국인이었고, 그를 납치하려고 했던 사람도 중국인이었다.

심지어 그가 알던 사람들조차도 중국 공산당의 명령을 받고 그를 감시하고 있다.

상식적으로 중국이 아니라 다른 나라에서 그런 일이 가능할 거라고 생각하는 건 무리다.

"당연히 두려움을 느낄 테고요."

그러면 살기 위해서는 어떻게 해야 할까?

상황이 이쯤 되면 중국에 돌아가서 사는 건 불가능하다는 사실을 알 것이다.

남은 것은 하나뿐이다, 망명.

그러니 이쪽에서는 그 망명 조건으로 진실을 요구하면 된다.

"그리고 모든 범죄에서 가장 중요한 건 증거와 증인이지요."

증거는 없다.

하지만 증인으로서 시유웬이라는 존재가 생겼다.

죄를 지은 자가 아무리 죄를 부정한다고 해도, 증인이 존재하며 그 증인의 증언이 신빙성이 있다면 그 죄는 성립된다.

그게 바로 법의 원칙이다.

사실 상식적으로 생각해 보면 자기가 죄를 저질렀다고 자수하는 놈은 1%도 안 되는 게 당연한 일이니까.

그 과정에서 고문이나 협박 등만 없으면 된다.

"우리는 한 적이 없고요."

시유웬은 모든 죄를 인정했고, 중국 정부의 명령을 받아서 한아진에게 접근했으며 그녀에게 중국의 지원을 받는 장교들의 인사고과를 조작해서 승진시키라는 명령을 내렸다고 증언했다.

"아마 이제 상황이 제법 재미있어질 겁니다, 후후후."

⚖

한아진은 TV를 보면서 눈물을 흘렸다.

믿었다.

사랑한다고 생각했다.

하지만 그 모든 게 허상이었다.

–저는 중국 공산당의 명령을 받아서 한아진에게 접근해 그녀를 유혹했습니다. 그리고 그녀에게 당의 명령을 전달했습니다. 주요 장군들의 분석 결과와 인사고과를 빼냈고, 중국의 지원을 받는 장교들이 승진하도록 서류를 조작하도록 했습니다. 단기적으로는 하위 장교 몇 명이었지만 장기적으로는 한국 내의 대부분의 장군들을 바꿔치기하는 것이 목적이었습니다. 목적은 비상사태 발생 시 한국의 전복 또는 한국으로 오는 미국 세력의 제압이었습니다. 최악이라 하더라도 한국군과 함께 작전하는 미국의 작전 계획을 빼낼 수 있다고 생각했습니다.

TV 속의 시유웬은 모든 죄를 인정하고 있었다.

그는 자신이 작성한 모든 자료와 자신이 아는 모든 스파이와 정보들을 건네고 있었다.

애초에 훈련받은 정보 요원도 아니고, 공산당의 결정에 따라 미인계를 쓰기 위해 동원된 인간이다.

그런 그가 변심한 상황에서 정보 요원들의 취조에 저항할 수 있을 리가 없으니, 당연히 자신이 아는 모든 것을 이야기할 수밖에 없었다.

"한아진 중령, 이미 모든 게 드러났네."

작은 화면 속에서 모든 죄를 인정하면서 고개를 숙이는 시유웬.

양복을 입은 남자는 그걸 가차 없이 꺼 버렸다.

자신이 국정원에서 왔다고만 말하는 남자였지만, 그 남자의 존재가 의미하는 것은 단 하나뿐이었다.

바로 한아진의 파멸.

"……."

"자네가 뭐라고 하든 이 정도 증언이 있는 이상 자네에 대한 처벌은 이루어질 거야. 자네는 국가보안법 위반으로 기소될 걸세."

"……."

"결국 두 딸은 다시는 못 보겠지."

"흐흑."

이를 악물고 버티던 한아진은 결국 무너졌다.

불륜 현장에 두 딸이 나타난 것은 예상하지 못한 일이었고, 그 일로 한아진의 정신은 이미 반쯤 무너져 있었다.

"하지만 기회는 잡을 수 있지."

"기회라니……. 나한테 무슨 기회가 있단 말입니까? 남편도 딸들도 떠났는데."

남편이야 당연하고 딸들조차도 자신을 더러운 창녀 취급하는 현실에, 그녀는 정신이 아득해질 수밖에 없었다.

"영원히 감옥에 있지는 않게 될 수도 있으니까. 최소한 세상에 나오면 딸들과 연락을 주고받을 수 있는 기회는 있겠지. 사과라도 할 기회 말이야."

한아진은 입술을 깨물었다. 그게 뭔지 모르는 바가 아니었다.

"어차피 자네가 한 모든 서류 작업에 대한 조사가 들어갈 거야. 조금이라도 의심되면 강제 예편 아니면 체포겠지."

"알겠습니다."

한아진은 결국 마음을 독하게 먹었다.

중요한 것은 자신이지 남이 아니었다.

언제나 말이다.

⚖

—오늘 3군 사령부 김 모 중장이 스파이 혐의로 체포되었습니다. 정부에서는 군 내부에 다수의 스파이들이 있을 거라 생각하여 전군 장교에 대한 철저한 검사를 결정하고……

뉴스를 보던 노형진은 강훈을 돌아보았다.

"대충 정리가 된 모양이더군요."

"꼬리에 꼬리를 물고 있지요."

한아진이 입을 열고, 그래서 잡혀간 장교들이 다시 입을 열고 하면서 군 내부에서 중국 스파이에 대한 대대적 색출이 이루어졌다.

그동안 군 내부 스파이에 대해 무심하던 국방부는 완전히 발칵 뒤집어졌고 육군, 해군, 공군 모두를 탈탈 털어 내기 시작했다.

그러자 예상대로 그 안에서 적지 않은 스파이들이 튀어나왔다.

"덕분에 우리 감시 시스템은 걸리지 않았습니다."

중국은 이번 일을 변절자 한 명으로 인한 사건이라고 생각하고 있었기에, 잠깐 조심하는 듯하면서도 그다지 신경 쓰지 않았다.

물론 공식적으로는 자신들은 스파이를 보낸 적이 없다고 주장하고 있지만 전 세계 어떤 나라도 그 말을 믿지 않았다.

다름 아닌 중국이 하는 말이니까.

"시유웬은 현재 모처에서 망명 심사를 밟고 있습니다. 망명 이후에는 전혀 새로운 신분으로 살아가게 될 겁니다. 그리고……."

"그리고?"

"시유웬의 아버지와 어머니가 변사체로 발견되었습니다."

"변사체요?"

노형진이 눈을 찡그리며 쳐다보자 강훈이 양손을 흔들었다.

"저희는 아닙니다. 저희는 그렇게 비정한 곳이 아닙니다."

"다른 곳도 아닌 CIA의 말을 믿기에는 제가 아는 게 너무 많군요."

"음…… 필요에 따라서는 비정해지기도 하지만, 음……
이 경우에는 필요가 없었다고 표현하는 게 맞겠군요."

"'필요가 없었다'라……."

하긴 틀린 말은 아니다.

이미 시유웬에게서 필요한 모든 것을 다 얻어 냈으니 굳이
그의 부모를 죽일 이유는 없다.

"저희는 그 두 사람을 풀어 줬습니다. 하지만 돌아간 후 5
일도 못 버티더군요."

시유웬의 배신에 대한 보복일 게 뻔했다.

"시유웬은 뭐라고 하던가요?"

"어디를 가든 공부만 시켜 달랍니다. 어떻게 해서든 중국을
무너트리겠답니다. 필요하다면 무슨 짓을 해서라도 말입니다."

노형진은 씁쓸한 미소를 지었다.

중국이 그의 가족을 죽인 건 사실이지만 그렇게 만든 것은
자신이었으니 말이다.

"이번 실적에 대해 상부에서는 상당히 흡족해하고 있습니다."

아마도 이 방법은 미국의 다른 중국계 라인에도 적용될 것
이다.

"다 좋습니다."

노형진은 피식 웃으며 말했다.

"하지만 우리나라에 대해서는 가능하면 비밀을 지켜 줬으
면 좋겠네요."

강훈은 미소 지었다.

"가능하면 그렇게 하겠습니다."

물론 그 말이 의미가 없다는 것은 노형진도, 강훈도 알고 있었다.

"아, 그런데 제가 부탁 하나 드려도 될까요?"

"무리한 부탁만 아니라면 들어드려야지요."

"무리한 부탁은 아닙니다. 하지만 한국 국방부의 성향을 생각하면, 그들은 절대 들어주지 않을 거라서요."

"도대체 어떤 일이기에 한국 국방부가 절대 안 들어준다고 하시는 겁니까?"

"진짜 영웅을 찾는 겁니다."

"네? 진짜 영웅요?"

"네, 진짜 영웅."

⚖️

하종백은 자신에게 건네지는 서류를 보고는 정신이 아찔해졌다.

"아버지가 사후 2계급 특진에 추서되었다고요?"

"그렇습니다. 아버님이 왜 돌아가셨는지는 아시잖습니까?"

노형진은 하종백에게 사건 전반을 이야기해 줬다. 그는 알 자격이 있었다.

이것이 법이다

"그분은 한국 내에 있는 중국 스파이 조직을 박멸하려고 했고, 그들에 의해 살해당하신 겁니다."

"그건 전에 말씀해 주셨는데……."

"그래서 한국 국방부에 정식으로 요청했습니다. 그분은 영웅적인 행동을 하셨습니다. 그분이 아니라면 누가 포상을 받겠습니까?"

하종백의 아버지인 하백호는 사후 2계급 특진과 보국훈장 천수장을 받게 되었다. 보국훈장은 국가의 안보에 큰 공적을 세운 사람에게 주는 것이다.

하백호는 군 내부의 스파이에 관한 진실을 알리려다가 결국 죽음을 맞이했으니 분명히 그 훈장을 받을 권리가 있었다.

'망할 국방부 놈들. 그럴 줄 알았지.'

노형진이 CIA에 따로 요청한 이유는 간단하다.

대한민국의 정부와 국방부 그리고 보훈처는 정치인들에게는 훈장을 마구 퍼 줄지언정 진짜 나라를 위해 희생한 사람들에게는 훈장을 주지 않으려고 하는 못된 버릇이 있기 때문이다.

분명 훈장을 받을 수 있는 건인데도 불구하고 보훈처는 줄 수 없다고 버텼다.

이유는 간단했다. 자신들의 추문이 새어 나가는 걸 감추고 싶었던 것이다.

국방부 내부의 스파이도 제대로 처리 못한다는 소문이 나면 여러모로 곤란하니까.

물론 노형진이 CIA를 통해 압력을 행사하자 언제 그랬냐는 듯 바로 깔끔하게 훈장과 2계급 특진이 추서되었다.

　　"크흠."

　　하종백은 그러한 인증 서류를 받고 눈물을 그렁거렸다.

　　"훈장을 받으셨으니 연금이 나올 겁니다. 부족하지만 어머님의 병원비에 보태셨으면 합니다."

　　"감사합니다. 너무 감사합니다. 어머니도 감사해하실 겁니다."

　　"아, 그리고 아버님은 원하시면 국립묘지로 들어가실 수 있습니다."

　　군인으로서 마지막 최고의 영애는 국립묘지로 들어가는 것이다. 그리고 하백호는 그곳에 들어갈 충분한 자격이 된다.

　　"구, 국립묘지까지……!"

　　"그곳은 영웅들이 쉬셔야 하는 곳이니까요 그리고 아버님은 영웅이 맞으십니다."

　　그의 아버지가 아니었다면 어쩌면 대한민국은 중국의 손아귀에 넘어갔을 수도 있다.

　　"당신의 아버지에게 감사를 드립니다."

　　노형진은 하종백의 손을 꽉 잡았다.

　　하종백의 눈에서는 눈물이 쉴 새 없이 흘러나왔다.

법률학적 현피

　세상을 살다 보면 많은 문제가 있기 마련이다.

　그리고 그 문제 때문에라도 어쩔 수 없이 소송하게 되는 게 바로 현실이다.

　하지만 때로는 피해는 발생하는데 현실적으로 처벌하지 못하는 경우가 있다.

　바로 지금처럼 말이다.

　"내가 그렇게 잘못한 겁니까?"

　새론에서 노형진에게 맡긴 사건은 난이도가 상당했다.

　지금까지 누구도 해결하지 못했다고 봐야 할 것이다.

　하지만 아이러니하게도 사건의 구조 자체는 무척이나 단순했다.

"잘못하신 건 아니죠. 대한민국은 자유국가이니까요."

"그런데 이런 놈들 때문에 제가 아주 죽겠습니다. 도무지 업무 자체가 진행이 안 돼요."

"이런 사람들은 자유에 대해 잘 모릅니다. 자기가 누군가를 지지하는 것은 당연히 자유이지만 상대방에게도 그런 자유가 있다는 걸 인정하지 않습니다. 자기의 자유만 자유고, 상대방은 의견을 말할 자유가 없다고 생각한다니까요."

노형진은 머리를 긁적거리며 말했다.

의뢰인인 손정수는 하진경제연구소라는 경제 연구소의 임원이었다.

그는 방송 패널로 현 대통령이 취임하고 발생한 경제문제에 대해 지적하고 해결책을 제시하는 역할을 맡았다.

물론 원론적인 입장이었고 그게 문제가 되지는 않는다.

그가 한 말은 그의 개인 의견이 아니라 그동안 수많은 학자들이 한 말이었고, 또 대부분의 경제 전문가들이 하고 싶었던 말이니까.

"하지만 이거 보세요. 아주 절 말려 죽이려고 하는 게 너무 보입니다."

문제는 그 후부터 발생했다.

그가 한 건 현 대통령에 대한 모욕이나 욕설이 아니다.

문제를 제기하고 그 해결책을 제시하는 것은 민주주의국가라면 누구나 할 수 있는 당연한 권리이고, 그걸 받아들이고 말고는 상대방의 권리일 뿐이다.

하지만 현 대통령인 홍안수의 지지자들은 그렇게 생각하지 않았다.

"좀 극단적인 사람이 있다니까요."

그런 사람들은 남을 인정하는 게 아니라 남을 물어뜯어야 산다.

특히 한국 사람들은 정치에 있어서 극단적인 경향이 있다.

자신이 지지하는 사람들을 같이 지지하지 않는다?

그러면 그때부터 적이며, 자살로까지 몰아가야 시원하다고 생각한다.

당장 손정수의 메일함만 봐도 티가 난다.

이런 빨갱이 새끼, 넌 내가 죽여 버린다.

이 빨갱아, 나라를 팔아먹으려고 작정했냐?

북한으로 가, 이 씨발 새끼야.

그나마 이 정도는 많이 순화된 편이다.

차마 입에도 담지 못할 욕이 날아오는 경우가 많았다.

'알바는 아닐 테고.'

알바를 동원하다가 노형진에게 걸려서 크게 한 방 먹은 자유신민당과 홍안수라 지금은 인터넷상의 댓글 알바를 쓰지 못하고 있다.

일단 조금이라도 댓글 알바라는 의심이 들면 신고하기 시작했기 때문이다.

'그 말은 진짜 지지자라는 건데.'

웃긴 일이지만 정치적 지지자들은 때로는 자기 일상보다 정치적 행동에 더 신경을 쓰기도 한다.

"경찰에도 갔습니다. 그런데 이건 처벌도 못 한대요."

"그럴 겁니다. 현행법상 이런 걸 처벌할 수 있는 마땅한 규정이 없거든요."

협박의 경우는 그나마 신고해서 처벌이라도 해 보겠지만, 협박이 아닌 단순 욕설의 경우는 그조차 불가능하다.

"모욕이라는 게 참 웃긴 겁니다."

인신공격에 대한 처벌은 현행법상 두 가지로 분류된다.

첫 번째는 명예훼손, 두 번째는 모욕.

명예훼손은 그 사람에 관한 가짜 소문이나 감춰야 하는 추문을 퍼트려서 명예를 훼손하는 경우에 성립하며, 모욕은 사실은 아니지만 모욕적 언행이 있을 때 이루어진다.

쉽게 말해서 명예훼손은 누군가 바람피웠다고 떠드는 행동이며, 모욕은 개새끼라고 욕하는 행동이다.

"그런데 둘 다 공연성이 성립 조건입니다."

공연성, 그러니까 제삼자에게 알려져야 한다는 거다.

애초에 명예훼손은 남에게 다른 사람의 이야기를 하는 것이니 그게 필수지만, 모욕은 문제가 되는 게 그게 제삼자에게 들어가지 않으면 처벌받지 않는다는 거다.

당장 모욕을 받은 사람의 기분은 더러운데 말이다.

"경찰에서는 방법이 없다고 포기하라고 하는데, 정말 방법이 없겠습니까?"

"일반적으로는 없지요."

사실 이런 모욕에 관련된 사건은 무척이나 많다.

모욕죄의 방법이 워낙 다양해졌기 때문이다.

과거에는 그냥 만나서 주변에 사람이 많을 때 떠들면 성립되었다.

하지만 이제는 시대가 변해 접촉 방법이 많아졌는데 현실적으로 법이 시대를 따라가지 못하고 있다.

"이런 경우는 일대일로 봐야 하니까요."

이메일이나 사이트의 쪽지 같은 경우는 일대일로 전달하는 시스템이니 다른 사람들이 그걸 볼 일은 없다.

그러니 그걸 보내는 사람의 입장에서는 일대일이 맞다.

하지만 그걸 받는 사람의 입장에서는 수천 명이 한꺼번에 욕설을 보내는 건데, 그 정도면 멘탈이 안 날아가는 게 이상한 거다.

그런데 또 현행법은 무조건 일대일로 보기 때문에 처벌해 달라고 해도 처벌을 못 한다.

'악플도 이런 거지.'

그나마 악플은 공연성이라는 부분에서 조건이 충족되기 때문에 고소라도 해서 처벌이라도 하지, 이건 처벌도 못 한다.

악플로도 사람이 자살하는 판국에 이런 집중적인 모욕에 사람의 멘탈이 버티면 그게 이상한 거다.

손정수는 고통스러운 표정을 감추려 애쓰며 말했다.

"너무 많은 욕설이 날아와서 제가 무슨 잘못을 그렇게 했나 싶네요."

"너무 그렇게 생각하지 마십시오. 손정수 씨는 잘못한 게 없습니다."

"하아."

손정수는 긴 한숨으로 자신의 심정을 대변했다.

"그래서 여기까지 온 겁니다. 새론은 어떻게 해서든 해결책을 만들어 주신다고 하니까요."

"보통은 그렇지요."

"보통은? 그러면 이 일은 해결책이 없다는 말씀이신가요?"

눈을 찌푸리는 손정수. 노형진은 고개를 흔들었다.

"그건 아닙니다. 하지만 현실적으로 이러한 공격은 그리 오래가지 않는다는 걸 말씀드리는 겁니다."

"그게 무슨 말입니까? 그러니까 지금 저보고 그냥 참으라는 건가요?"

"그게 아닙니다. 저는 변호인으로서 사건을 해결하기 전에 확실하게 상황을 알려 드리려고 하는 것뿐입니다."

"사건을 해결하기 전에? 그러면 방법이 있다는 거군요."

"그렇습니다."

고개를 끄덕거리는 노형진.

하지만 그럼에도 불구하고 노형진은 이번 일로 소송하는 것은 권하고 싶지 않았다.

"하지만 그건 섣불리 수풀을 건드리는 행동이 될 것입니다."

"그게 무슨 말씀입니까?"

손정수는 이해하지 못하겠다는 표정으로 되물었다.

노형진은 그런 그에게 현실을 정확하게 말해 줬다.

"지금 공격은 길어 봐야 2주, 진짜 오래가도 한 달 안에 종료됩니다. 그 이후에 오는 건 거의 없을 겁니다."

"그런데요?"

"하지만 우리가 소송을 시작하면 좌표가 찍힐 겁니다."

"좌표가 찍힌다?"

"그렇습니다. 인터넷 용어입니다. 쉽게 말해서 이쪽에서 움직였다는 소식이 들어가면 홍안수의 지지자들이 몇 달이고 공격을 계속할 수도 있다는 겁니다."

"몇 달요?"

"어쩌면 연 단위가 될 수도 있습니다."

다른 사건 같으면 이런 걱정은 하지 않아도 된다.

그냥 일대일로 사건을 처리하고 일단 처벌받거나 사건이 해결되면 끝난다.

"하지만 이런 사건은 아닙니다. 말 그대로 작대기로

뱀…… 아니, 이때는 벌집을 건드린다는 표현이 맞겠네요."

말 그대로 미친 듯이 몰아붙일 것이다.

"해결 방법이 있다면서요? 그들을 처벌할 수 있는 방법도 있다는 거 아닙니까?"

"맞습니다만, 모든 사람들이 그렇게 지혜로운 존재는 아니거든요."

머리를 긁적거리는 노형진.

"대표적으로 예를 들어 보죠. 인터넷에서 찾아보면 악플러를 처벌하고 고소했다는 뉴스는 많습니다. 오죽하면 '고양이가 썼습니다.'라는 말이 다 나오겠습니까? 하지만 악플러는 줄기는커녕 점점 더 늘어납니다."

이유는 간단하다.

'나'는 안 걸릴 것 같으니까.

'나'는 처벌받지 않을 것 같으니까.

자기는 꼭 될 것 같으니 로또를 사고, 자기는 무조건 성공할 것 같으니 사업을 시작하는 것과 똑같은 거다.

"그거랑 마찬가지인 거죠. 사실 사람이라는 게 한계가 있으니까요."

연예인에게 달라붙는 악플러는 어마어마하게 많다.

백 단위?

아니다. 만 단위는 우습게 달라붙는다.

하지만 연예인들이 그들을 다 고소하지는 않는다.

기껏해야 서너 명 정도 본보기로 고소하고 악플이 줄어들기를 기대한다.

　"하지만 그건 멍청한 짓이죠. 악플은 그런 식으로는 절대 줄어들지 않습니다. 그들에게 있어서 그 서너 명에 포함된 악플러들은 그저 재수가 없는 놈들일 뿐입니다."

　"으음……."

　"생각해 보세요. 그렇게 고소된 사람 때문에 겁먹고 악플을 안 달 놈이면 공감 능력이 뛰어나다는 건데, 공감 능력이 뛰어난 사람이 애초에 악플을 달겠습니까?"

　"저도 마찬가지라는 거군요."

　"네, 맞습니다."

　그가 서너 명을 고소하고 언론 플레이를 통해 악플을 막으려고 한다?

　줄어들기는커녕 어떻게 해서든 손정수를 자살시키기 위해 눈을 까뒤집고 덤빌 것이다.

　"자기들이 죽여 놓고 나라가 죽였다고 하는 놈들이 그런 놈들입니다. 해결 방법? 있습니다. 하지만 그때는 둘 중 하나입니다. 그들이 죽든가, 아니면 이쪽이 죽든가."

　그 말에 손정수의 얼굴이 핼쑥해졌다.

　"그런 개싸움을 피하고 싶다면 일단은 무시하시는 것도 방법입니다. 시간이 지나면 다른 쪽으로 가는 게 또 악플러들의 본성이거든요."

손정수는 입을 다물었다.

한참을 생각에 잠겼던 그가 마침내 눈을 번쩍 떴다.

"제가 이기면 뭐가 남을까요?"

"일단…… 집 한 채?"

"할 만하네요."

"하지만 멘탈이 아주 붕괴되실 텐데요."

"돈은 멘탈보다 강한 법이지요. 사실 경제 연구소라는 곳이 월급은 얼마 안 됩니다."

"무슨 생각을 하시는 건지요?"

노형진의 물음에 손정수는 씩 웃었다.

"사실은 제가 이번에 논문을 하나 써야 하거든요."

"아, 그러셨습니까?"

"네. 그런데 그게 쉽지 않습니다. 어지간한 주제에 대한 논문은 다 나와 있어서요. 그렇다고 다른 사람처럼 대충 짜깁기할 수는 없는 노릇이고."

"설마……?"

설명을 듣고 있노라니 노형진의 머릿속에 떠오르는 것이 있었다.

노형진이 묻자 손정수가 고개를 끄덕거렸다.

"이곳의 모토가 '생각을 바꾸면 길이 보인다.'라고 들었습니다. 제가 알기로는 지금까지 악플과 모욕의 경제적 효과에 대한 논문은 없었습니다."

"하하하……."

노형진은 웃을 수밖에 없었다. 실제로 없으니까.

누가 그에 관한 경제적 효과를 생각하겠는가?

"하지만 그거 하나 쓰면 제법 짭짤할 것 같네요. 돈도 그렇고 논문도 그렇고."

"그런 논문이라면 당연히 도와드려야지요."

노형진은 손정수의 손을 꽉 잡았다.

"소송, 시작하겠습니다."

노형진은 이번 사건을 준비하면서 이번에는 새론이 아니라 하늘과 함께하기로 했다.

사건 자체는 작지만 그 숫자가 어마어마하기 때문이다.

그렇잖아도 새론의 업무가 과포화된 상황인 데다 물량이 많은 사건은 하늘이 더 제격이었다.

"이게 한 사람의 사건이라고요?"

하늘의 대표인 임진기는 질려 버렸다는 듯 물었다.

그럴 수밖에 없는 게, 노형진이 가지고 온 건 단위가 달랐기 때문이다.

"지금까지 총 이천백서른다섯 개입니다. 명의별로 분류했고, 정도가 그다지 심하지 않은 사람은 뺐습니다만……."

"별 의미가 없었나 보군요."

"없더군요."

간단하게 욕할 사람은 그냥 인터넷에 댓글로 욕하고 만다.

그런데 이메일이나 가입한 사이트를 찾아내서 욕할 정도의 인간들이라면 그들은 진성 중에서도 악질 진성일 수밖에 없다.

당연히 따로 온 메일이나 쪽지는 걸러 낼 것도 별로 없었다.

"일단 시작은 이거고, 인터넷에 악플을 단 사람들도 따로 수집해야 할 겁니다."

"그러면 가해자가 1만 명은 넘겠는데요?"

"뭐, 그건 따로 알려 드리지 않아도 충분히 하실 수 있죠?"

"그건 그렇지요. 그런데 이메일이나 쪽지 같은 게 문제인데요. 아니면 이 문자나."

임진기는 걱정스러운 표정으로 말했다.

그런 사건들은 현재로써는 처벌 방법이 없다.

"원하는 대로 해야지요."

"원하는 대로?"

"네, 민사로 넣을 겁니다."

"민사요?"

"네. 사실 많은 분이 착각하는 거죠."

"아, 맞네! 그러네요. 그 부분을 잊어버리고 있네요."

사람들은 형사에서 처벌받아야 민사가 가능하다고 생각하

지만 사실 민사는 아무 사건에서나 가능하다.

위법성 여부와 피해 발생 여부는 전혀 다른 문제이기 때문이다.

"경찰에게 가면 보통 이런 건 처리가 안 되죠."

법이 없으니까.

정확하게는 법에 한계가 있으니까.

"하지만 민사는 다릅니다."

모욕을 당했다면 민사는 가능하다.

하지만 대부분의 사람들은 그렇게까지 하지 않는다.

일단 소송비용 자체가 제법 비싼 데다가, 자신이 거기에 따라다닐 수도 없고 변호사 비용 역시 부담되기 때문이다.

"하지만 하늘이라면 이야기가 달라지지요."

하늘에서는 한 사람이 그날 사건을 다 전담해 버리면 되는 문제다.

변호사 비용 역시 법정 비용만 받으면 된다.

물론 변호사협회에서 정한 비용보다 낮기는 하지만 그건 의무 사항이 아니다.

"그리고 사건은 점점 더 늘어날 겁니다."

일단 이 소문이 돌기 시작하면 사람들은 자신들의 세력을 이용해서 상대방을 찍어 누르려고 덤비기 시작할 것이다.

자신들이 익명성 뒤에 숨어 있다고 생각하는 사람들의 반응은 무척이나 빨라서, 분명 악플도 늘 테고 메일이나 쪽지를 보내 협박하는 놈들도 많을 것이며 전화하는 놈들도 있을 것이다.

"손정수 씨는 뭐라고 하던가요?"

"뭐, 연구 자료로 쓰신다고 하더군요."

"재미있는 상황이네요."

"진짜 재미있는 상황은 그 이후일 겁니다."

노형진은 미소를 지으며 말했다.

"손정수 씨가 이번 사건 때문에 휴직계를 내셨거든요."

"휴직계요? 우리한테 다 맡기시는 거 아니었습니까?"

임진기는 고개를 갸웃했다.

보통 변호사를 사는 이유는 일의 진행을 변호사에게 맡겨두고 자기 삶을 살기 위해서다.

그런데 이번 사건을 본인이 해결할 거라면 변호사를 살 이유는 없다.

"진짜 큰돈은 다른 곳에서 나올 겁니다."

"흐음?"

노형진의 말에 임진기는 고개를 갸웃했다.

⚖

"후우."

손정수는 심호흡했다.

그리고 한차례 옷을 매만지고는 침을 꿀꺽 삼켰다.

"기분이 좋지는 않네요."

"기분이 좋을 리가 없지요. 무슨 일이 벌어질지 뻔히 아는데 말입니다."

손정수는 묘한 표정이 되었다.

하긴 싸우러 가는데 기분이 좋을 리가 없다.

"그나저나 진짜로 노 변호사님 말씀대로 될까요?"

"분명 그렇게 될 겁니다. 대부분 이렇게까지 공격적으로 나오는 사람들에게는 반성이라는 게 없거든요. 설사 한다고 해도 한 10%나 될까?"

어깨를 으쓱하는 노형진.

"대부분의 경우 이런 사람들은 자기 잘못을 모릅니다. 전에도 말했다시피 이들이 인식하는 건 자기의 권리뿐, 남의 권리는 안중에도 없으니까요."

노형진은 손정수의 어깨를 툭툭 털어 주면서 안으로 들어갔다.

그러자 약속된 장소에서 한 남자를 발견할 수 있었다.

"채임무 님?"

노형진은 남자를 확인하며 물었다.

이곳은 보통 여자가 많이 오는 커피숍이다. 당연히 저렇게 나이 먹은 남자가 있는 경우는 드물다.

그리고 그 채임무라는 남자의 반응은 단순했다.

"너냐, 이 개새끼야? 너 따위가 감히 나를 고소해?"

'아아, 어떻게 예측에서 벗어나지를 못하냐?'

노형진은 속으로 고개를 흔들었다.

"이 빨갱이 새끼! 주제도 모르고 날 고소해? 어? 이 싯팔 새끼!"

길길이 날뛰는 채임무.

모두의 시선이 이쪽으로 향하는 것을 느끼며 노형진은 채임무를 말렸다.

"그만하시죠. 주변에 사람이 많습니다."

"뭘 그만해, 이 씨발 새끼야!"

손정수의 멱살을 잡고 흔드는 채임무.

"이 빨갱이 새끼! 내가 너 잡으면 작살내려고 기다리고 있었어, 이 개새끼!"

고래고래 소리를 지르는 채임무를 보던 노형진은 그런 그에게 한마디 했다.

"자꾸 이러시면 경찰 부릅니다."

"불러! 불러, 이 씹쌔끼야! 불러! 내가 너 따위한테 쫄 것 같아? 이 빨갱아! 너 같은 놈들 때문에 나라가 망하는 거야! 너희 엄마는 너 같은 새끼 낳고도 미역국 처먹었냐? 나 같으면 태어나자마자 죽였어, 이 개만도 못한 새끼야!"

노형진은 머리를 절레절레 흔들었다.

"뭐, 알겠습니다. 부르죠."

노형진은 바로 경찰을 불렀다.

그리고 잠시 후 찾아온 경찰에게 차분하게 말했다.

"이분이 저희 의뢰인을 모욕하셨습니다. 그러니 정식으로 모욕죄로 고소하겠습니다."

"뭐? 고소? 그래, 고소해! 어차피 처벌 안 받아!"

노형진은 피식하고 비웃음을 날렸다.

'이럴 줄 알았다.'

그걸 알기에 재판하기 전에 합의해 보겠다고 나온 것이다.

"누가 그러던가요?"

"이미 변호사 만나 봤어! 모욕죄 성립 안 된다고 이미 다 들었다고!"

"그건 일대일로 보내신 이메일 기준이고요."

노형진은 주변을 스윽 둘러봤다.

주변에는 사람들이 가득했고, 카페 주인도 나와서 눈을 찌푸리며 이쪽을 바라보고 있다.

분위기를 흐리고 있으니 당연한 일이다.

"여기는 공용 시설이고, 지금 모욕하시는 걸 주변 분들이 다 들었습니다."

"뭐?"

노형진이 왜 변호사 사무실을 두고 굳이 커피숍에서 합의하자고 했겠는가? 가까워서?

아니다. 많은 사람들이 필요했기 때문이다.

그것도 증언해 줄 사람들이 말이다.

'정치적인 논리에 묻혀 있는 사람들 눈에는 보이는 게 없지.'

상식? 그들에게 상식은 중요한 게 아니다.

사람이 늙을수록 애가 된다는 말은 그냥 생긴 말이 아니다.

판단력이 떨어지고 자존심이 세지며 고집만 강해진다.

자신은 정의라고 생각하고 상대방은 악이라고 판단한다.

그 상황에서 악이라고 정의한 상대방이 자신을 공격한다?

그러면 극도로 공격적인 상태가 된다.

'특히나 저런 사람들은 말이지.'

채임무는 이미 은퇴한 나이다.

그런데 현실적으로 은퇴해서 집에 있는 남자들에게 공통적으로 나타나는 증상이 바로 공격성이다.

자신이 일을 하지 못하니 남이 무시한다는 생각에 빠져서, 외부에서 조금만 마음에 안 들어도 공격적으로 반응하게 된다.

'더군다나 변호사까지 만나고 왔겠다…….'

당연히 변호사는 그에게 배상금은 터무니없을 거라고 이야기했을 것이다.

그러면 그는 그것에 대해 자신감을 가진다.

몇 푼 안 되는 돈 때문에 자존심을 포기할 필요는 없다고 생각할 테고, 그건 따로 만났을 때 공격적인 성향으로 드러날 수밖에 없다.

실제로도 민사로 넣어 봐야 피해의 규모가 애매하다.

현실적으로 말하면 그 피해 배상금의 규모는 기껏해야 대략 30만 원 선 안팎이다.

일대일인지라 외부적인 피해는 발생하지 않았고 내부적으로 자기 속만 썩인 거다.

한국의 법원은 내부적 피해, 즉 심리적 피해에 대해 유독 박하게 판단하는 성향이 있다.

그러니 기껏해야 30만 원, 많아 봐야 50만 원일 것이다.

'하지만 이제는 상황이 달라졌지.'

사람이 많은 곳에서 모욕했고, 증인이 있으며, 노형진이 녹음 파일을 가지고 있고, 또한 가게에 CCTV가 설치되어 있다.

이런 경우 명백하게 모욕죄가 성립되며, 이런 대중 앞에서의 모욕은 백 단위는 일단 넘어가 200만 원에서 300만 원 사이의 배상금이 나온다.

더군다나 모욕의 피해자가 방송에 나갔던 유명인인 만큼 그 피해 규모는 더 커질 수밖에 없다.

"뭔 소리야! 변호사가 죄가 안 된다고 했다고!"

"그건 보내신 메일 기준이라니까요. 일단 경찰분이랑 동행해서 서로 가시죠."

"동행?"

"네."

"즈…… 증거 있어?"

노형진은 품에서 녹음기를 꺼내 들었다.

"변호사로서 합의 대상과 이야기할 때 당연히 녹음기는 필수죠."

"어……."

"그리고 여기에 계신 손님들이 다 들었습니다만."

누군가 크게 말했다.

"맞아요! 얼마나 크게 말했는지!"

"빨갱이? 요즘 같은 시대에 빨갱이래, 호호호."

"진짜 나이 먹고 저러고 싶을까?"

얼굴이 붉어지는 채임무.

"같이 가시죠. 서둘렀으면 좋겠네요."

노형진은 씩 웃으며 말했다.

"만날 분들이 워낙 많아서요."

⚖

"와, 진짜 어이가 없네요."

노형진의 말을 들을 때만 해도 손정수는 사실 그다지 믿지 않았다.

그런데 합의하러 다니면서 현실을 알 수 있었다.

"사과하는 사람이 어떻게 정말 10%도 안 된답니까?"

"이런 정치적 논리로 일방을 공격하는 사람들은 나이 먹은 분들이 많거든요."

상대적으로 젊은 사람들이 홍안수의 반대쪽에 포진한 경우가 많은 것도 사실이다.

더군다나 젊은 사람들은 아직까지는 머리가 굳지 않거나 인터넷에 익숙한 세대이기 때문에 자신이 생각하는 선을 넘지 않으려고 하는 경향이 있다.

"특히나 젊은 세대는 대부분 금전적으로 한계가 있기 마련이거든요."

그렇다 보니 일단 발끈해서 모욕을 저질렀어도 그 이후에 걸리면 읍소하면서 상황에서 벗어나려고 하는 성향이 강하다.

물론 그 이후에 다시 그 지랄을 할 수도 있겠지만 말이다.

"하지만 나이 먹은 세대는 아닙니다. 정치적 신념이 확고하다 못해 굳어져 버립니다."

"그래요?"

"실제로 사람이 나이를 먹으면 권력욕과 정치욕이 강해지는 건 널리 알려져 있으니까요."

그렇다 보니 이런 문제가 생겨도 쉽게 사과하지 못한다.

자신이 선택한 정치 라인을 부정하는 꼴이 되니까.

"내가 무슨 정치 라인을 부정하라고 한 것도 아니고, '죄송합니다.' 한마디면 되는 것을."

"애초에 그럴 사람이었다면 그렇게 추적해 가면서 욕설을 보내지는 않는다니까요."

그렇게 말하며 노형진은 피식 웃었다.

이런 타입의 범죄자들은 사실 답이 나와 있다.

"이런 타입은 확신범이라고 합니다."

자신이 하는 일이 정의롭다고, 자신은 정상이며 세상이 비정상이라고 생각한다.

"간단하게 말해서 그 강도가 낮을 뿐, 기본적으로 생각하는 마인드 자체는 테러범들과 같다고 보시면 됩니다."

"테러범요?"

"네. 자신이 하는 일이 옳다고 생각하기 때문에 그걸 포기하지 못하는 거죠."

노형진의 말에 손정수는 한숨만 나왔다.

지금까지 만난 사람이 서른 명쯤 된다.

그런데 그들 중에서 사과한 사람은 단 두 명뿐.

"제가 말씀드렸지요, 소송을 시작하면 멘탈이 엄청나게 갈려 나갈 거라고."

"이 정도일 줄은 몰랐습니다."

"이제 시작인데요."

"이제 시작이라고요?"

"저 사람들이 반성하면서 입 닥치고 있겠습니까?"

절대 아니다.

분명 자기들이 이용하는 카페나 사이트를 이용해서 자신들이 한 이야기는 쏙 빼고 손정수를 공격할 테고, 그곳에서 그걸 본 다른 사람들이 본격적으로 또 손정수를 공격하기 시작할 것이다.

"최소 두 달 이상 걸릴 테고, 소송은 2만 건 이상 각오하셔야 합니다."

"허억!"

그 말은 최소한 2만 명의 전과자가 발생한다는 소리다.

물론 혐의가 혐의인지라 대부분은 벌금으로 끝나겠지만.

"제가 집 한 채는 남을 거라고 했지요?"

1인당 100만 원씩만 손해배상을 받는다고 해도 10억은 남을 만한 사건이다.

"웃긴 일이지만, 법에서는 성인의 지능 퇴화에 대해서는 인정하지 않고 있거든요."

미성년자라면 사회적으로 아직 성장하지 못했으며 또한 교육이 부족해서라는 이유로 처벌을 줄여 주거나 하지만, 성인이 나이 먹고 지능이 줄어드는 걸 법원은 감안하지 않는다.

성인이 되면 그 이후에는 무조건 자신의 행동에 책임져야 한다는 소리다.

"좋게 생각하세요. 벌금도 한 100만 원씩은 나올 테니까. 애국하시는 겁니다. 직접 만나지는 않으실 악플러들도 많으니까 아마 수십억이 세금으로 들어가겠네요."

"애국…… 허허허."

손정수는 어이가 없어서 헛웃음을 지었다.

"그냥…… 제가 안 나가면 안 될까요?"

단 며칠 사이에 미친놈들을 집중적으로 만나다 보니 정신적으로 피곤해진 듯했다.

"물론 안 나가셔도 됩니다. 강제 사항은 아니니까요. 하지만 그러면 지금처럼 그들을 처벌하지는 못하게 되실 겁니다."

"네? 어째서요?"

"아까도 말씀드렸다시피 그들은 확신범의 형태를 띕니다."

즉, 공격의 대상은 노형진이 아니라 손정수다.

그래서 손정수가 나오면 흥분해서 길길이 날뛰지만, 노형진은 엄밀하게 말하면 제삼자이기 때문에 흥분하지도 않고 모욕할 이유도 없다.

그저 거기서 합의를 끝내면 그만이다.

"생각보다 피곤하네요. 버틸 수 있을 거라 자신했는데."

"사실 아예 상관없는 제삼자들이 뭐라고 하든 상관은 없습니다만, 인간의 멘탈이 진짜 사기꾼 같은 범죄자 타입이 아니면 아무래도 힘들죠."

정상적인 사람에게는 공감 능력이라는 게 있다.

그래서 다른 사람에게 지속적으로 욕을 먹어 가면서 사는건 힘든 일이다.

"일단 돈이 없는 건 아니니까 상담 치료 받는 걸 추천해 드립니다. 어차피 소송에서 피해를 인정받으시려면 상담 치료는 받으셔야 할 겁니다."

"끄응."

쓴웃음을 짓는 손정수.

그 순간 갑자기 그의 핸드폰이 띠링 띠링 울리기 시작했다.

"어? 왜 이래? 이거?"

쉴 새 없이 띠링거리는 핸드폰을 확인하는 손정수.

그러자 어마어마한 숫자의 메일들이 액정에 떠올랐다.

단시간 내에 메일의 숫자는 백을 넘었다.

"설마?"

"시작되었네요."

노형진은 그걸 보면서 차갑게 말했다.

"이제 그들의 총공세가 시작될 겁니다."

집단이 다 강한 것은 아니다

임진기는 질려 버렸다는 표정이 되었다.

"미치겠네요, 아주. 손정수 씨가 진짜 나라라도 팔아먹었답니까? 물의를 일으킨 연예인도 이 정도는 아니었는데요?"

"전에도 말했다시피 정치라는 건 극단적인 부분이 있으니까요."

손정수에게 몰려드는 모욕성 메일과 쪽지가 얼마나 많은지, 그의 메일함에서는 며칠째 '+999' 표시가 사라지지 않았다.

"좌표를 찍었으니 집단적으로 밟아 버리려고 하는 거죠."

"나이 먹고 이게 뭔 짓이랍니까, 무슨 라이벌 보이 그룹 공격하는 것도 아니고."

"그렇지요? 후후후."

"그런데 진짜 나이 많은 분들 맞습니까? 어떻게 이렇게 인터넷에 익숙한 겁니까?"

"인터넷에 익숙하다기보다는 교육된 거죠."

"교육요?"

"네. 생각하신 것처럼, 나이 많은 사람들은 인터넷에 익숙하지 않습니다."

그래도 50대까지는 메일도 쓰고 그런다지만 60대가 넘어가면 그런 메일 문화 같은 것에 익숙하지 않다.

"그런 경우에 공격을 지시하는 사람들이 사용법을 자세하게 알려 줍니다."

"자세하게 알려 줘요?"

"네. 가령 유튭 같은 경우에는 극우 타입의 BJ가 돈을 많이 벌지요. 그런데 그 방송을 보는 사람들은 대부분 나이 많은 사람들입니다."

그래서 그 방송을 하는 BJ는 그걸 보는 법이나 접속하는 법을 상세히 알려 준다.

"노인분들은 그 방법대로 접속해서 방송을 보는 거죠."

"확실한 겁니까?"

"확실한 겁니다. 혹시 도네라고 아십니까?"

"도네요?"

"도네이션의 약자입니다."

정확하게는 기부라는 뜻이지만, 현대에서 도네라는 말은

BJ에게 일종의 현금성 자산을 주는 것을 말한다.

달풍선이니 땅콩이니 하는 것들 말이다.

"그런데 노인분들은 그런 걸 무척이나 어려워하지요. 그래서 그런 어르신을 대상으로 하는 자들은 도네보다는 계좌이체를 위한 계좌 공개를 선호합니다."

도네보다 그들에게 익숙하기 때문이다.

"교육이라……."

"나이가 먹으면 배운 데에서 조금이라도 벗어나는 게 어렵거든요. 아마 인터넷에서 찾아보면 분명 공격하라고 좌표를 찍고 방법까지 공유하고 있을 겁니다."

노형진의 말에 임진기는 고개를 절레절레 흔들었다.

"도대체 그렇게 힘들게 배워서 한다는 게 고작 한 사람 공격해서 자살시키려고 발광하는 겁니까? 저라면 힘들게 배운 인터넷 사용법으로 가족들에게 메일이라도 보내겠습니다."

"사람이 나사 풀리는 건 뭐 나이를 안 가리니까요."

"나이는 가릴 줄 알았는데요."

"그랬으면 우리가 다 굶어 죽었겠지요."

"아…… 그렇겠네요."

임진기는 한숨을 푹 쉬면서 서류를 확인했다.

얼마나 사건이 많은지, 법원에서 제발 사건 좀 그만 넣으려고 읍소할 지경이었다.

하지만 어쩌겠는가? 저쪽에서 먼저 싸움을 걸어온 이상

이쪽도 도망만 갈 수는 없는 노릇이다.

"이런 싸움은 먼저 도망가는 놈이 죽는 겁니다."

농담이 아니다.

아예 처음부터 도망갔다면 적당히 하다가 다른 먹잇감을 포착해 물어뜯었겠지만, 싸움이 시작된 이상 저들의 목적은 피해자의 자살뿐이다.

"그러니 싸워야지요."

"그건 아는데 좀 심하네요."

프린터가 얼마나 많은 소장을 뽑아냈는지 고장 나서 벌써 세 번째 고쳐야 했다.

그만큼 사건이 많았다.

"지금 몇 건입니까?"

"일단…… 1만 4천 건입니다."

"벌써요?"

"댓글까지 싹 다 털어서요."

"흠……."

노형진은 고개를 숙이고 한참을 생각했다.

현실적으로 현 상황에서 할 수 있는 최선의 선택이 뭔지 말이다.

"아무래도 브레이크 정도는 걸어야겠군요."

"브레이크가 걸리겠습니까? 지금 그 사람들 사이트에 좌표 찍는 놈들이 얼마나 많은데요."

같이 욕하자고 말이다.

이미 자기들은 처벌받고 돈을 토해 내게 생겼으니 억울해서라도 어떻게 해서든 손정수를 죽이려고 하는 것이다.

"우리가 걸어야지요."

"하지만 그게 쉽지는 않을 텐데요?"

확신범이라는 존재가 그렇다. 확신하고 있는 이상에는 쉽게 멈추지 않는다.

"우리가 가서 비는 건 소용없을 겁니다."

임진기의 말에 노형진은 고개를 끄덕거렸다.

현실적으로 그렇게 되면 저들이 승리하는 셈이다.

그런데 승리했다고 생각하면 기고만장해지는 것이 바로 사람의 속성이다.

"분명 벌금과 손해배상까지 다 토해 내라고 하겠지요."

"그러니까요. 그렇다고 전화해서 하지 말라고 할 수도 없고."

"그런다고 안 하겠습니까?"

노형진은 피식 웃으며 자리에서 일어났다.

"잠깐 소장을 확인하지요."

"소장요?"

"네, 확인할 게 있어서요."

노형진은 그 서류를 받아 보고는 고개를 끄덕거렸다.

"이 정도면 충분하겠군요. 자신들이 어디서 글을 보고 메일을 보내거나 댓글을 썼는지 나오니까."

"그걸로 뭘 어쩌시려고요?"

"교사범으로 가죠."

"교사……. 잠깐만? 교사범요? 그 형법 31조 교사범 말입니까?"

"네, 바로 그 조항 말입니다."

"그게 가능할 리가……. 아니 잠깐, 가능할지도……."

교사범이란 타인에게 범죄를 저지르도록 하는 것을 말한다.

일반적으로 교사범이 적용되는 것은 살인 등 강력 범죄다.

쉽게 말해서 킬러를 고용하면 교사범으로서 성립하며 현행법상 교사범은 실행한 자와 동일한 처벌을 하도록 되어 있다.

"그리고 교사범에는 적용 범죄가 정해져 있지 않지요."

일반적으로 교사가 강력 범죄 위주로 벌어지기 때문에 사람들은 잘 모르지만, 교사에 해당되는 범죄에 대해서는 정해진 게 없다.

즉 빵 하나 훔쳐 오게 하면 절도의 교사범이고, 사기 치라고 하면 사기의 교사범이며, 협박하라고 시키면 협박의 교사범인 것이다.

"이 경우는 모욕의 교사범이 되겠네요."

"모욕의 교사범……. 지금까지 판례는 없었지만…… 가능할지도 모르겠군요."

"사실 모욕죄에다가 교사범 적용할 만큼 큰 사건이 없었지요. 애초에 대부분의 모욕은 자발적 감정에서 나오는 거 아닙니까?"

"그건 그렇지요."

"하지만 시대가 바뀌었습니다. 아까도 말씀드렸잖습니까, 상대방은 좌표를 찍고 교육까지 해 가면서 공격하는 거라고."

당장 인터넷에서 좌표 하나만 찍으면 수백 명이 몰려와서 이를 드러내고 갈가리 찢어먹는 게 현대다.

원래 법을 만든 사람의 입장에서는 범죄를 교사할 때 설마 다중에게 한꺼번에 할 거라고는 생각하지 못했을 테니까.

"이건 일대일의 교사는 아니지만 일단 글을 보면 확실하게 알 수 있겠지요."

노형진은 그렇게 말하면서 고소장을 흔들었다.

거기에는 그들이 어디서 그 글을 봤는지 적혀 있었기에 그 사이트를 찾아가는 것은 어렵지 않았다.

글쓴이 : 빨갱이척살

제목 : 빨갱이에게 고소당했습니다.

손정수라는 빨갱이 새끼한테 고소당했습니다. 그놈이 저를 속여서, 모욕으로 벌금 150만 원이 나왔습니다. 이 빨갱이 새끼, 아직도 정신을 못 차리고 손해배상을 청구한 겁니다. 끝까지 갑니다. 우리 회원님들 같이 조져 주십시오. 그리고 저에게 용기를 주십시오. 이 새끼 메일 AAAA@BBBBBB.BBB입니다. 그리고 전화번호

000-0000-0000입니다.

빨갱이를 하나라도 죽여야 나라가 바로 섭니다.

우리 회원님들, 함께합시다. 빨갱이를 쳐 죽입시다.

"역시나."

반성? 그런 걸 할 리가 없다.

당연하게도 이런 글은 한두 개가 아니었다.

그리고 그 사이트 자체가 특정 정치인을 찬양하기 위해 만들어진 곳이다 보니 당연히 그걸 본 사람들은 이를 갈면서 달려들 수밖에 없었다.

"보통 사람들은 집단이 강하다고들 생각하지요."

노형진은 그 아래로 가득한 댓글을 보며 피식 웃었다.

"하지만 때로는 개개인이 더 강해질 수도 있습니다."

이들은 집단이고 손정수는 개인이다.

상식적으로 보면 당연히 손정수가 져야 한다.

"이제 진짜 개인이 무서운 걸 이 사람들도 알게 될 겁니다."

⚖

"뭐요?"

"교사받으신 걸 인정하시면 합의금은 두 분이 같이 내시게 됩니다."

노형진은 합의하기 위해 다른 피고소인을 찾아갔다.

그리고 슬쩍 떡밥을 던졌다.

"일반적으로 이 사건의 합의금은 300만 원입니다. 하지만 교사받아서 하신 게 명확해 보이니까, 그 부분을 인정하시면 저희가 150만 원 선 정도에서 끝내 드리지요."

"나는 교사받은 적이 없어요."

"그래요? 하지만 진술서에 보면 이야기가 다르던데요. 진술서에 보면, 인터넷 사이트에서 빨갱이척살이라는 사람이 쓴 글을 보고 모욕하신 걸로 되어 있습니다만."

"아, 그 사람 글을 보기는 했는데……."

"그러면 그걸 보고 글 쓰신 거 맞죠?"

"맞기는 한데……."

"그걸 교사라고 합니다. 교사라는 게 꼭 얼굴을 보고 대가를 주고받고 해야 성립되는 건 아니거든요."

분명 인터넷상에 빨갱이척살이라는 아이디가 손정수를 쳐 죽이자고 글을 썼고, 그는 그걸 받아들여서 메일을 보내고 문자로 욕을 했다.

"만일 교사범이 따로 있다고 하면 처벌도 낮아질 겁니다."

"처벌이 낮아진다고요?"

"네. 당연한 거 아닙니까? 피고소인은 그 부탁을 들어준 것뿐이니까."

피고소인은 눈을 데굴데굴 굴렸다.

이건 진짜 생각도 못 한 상황이니까.

하긴 아무리 애국이니 뭐니 해도 돈이라는 게 걸리면 생각이 많아지는 게 사실이다.

당장 돈 150만 원을 아낄 수 있다 하니 생각이 많아질 수밖에 없다.

'더군다나 자존심은 겁나 중요한 문제란 말이지.'

극단적으로 대응하는 나이 많은 사람들에게 있어서 돈은 사실 예민한 문제다.

왜냐? 300만 원이라는 돈을 내기 위해서는 결국 자식에게 손을 벌려야 하기 때문이다.

어머니들이 하는 말이 있다.

남편 돈은 앉아서 받지만 자식 돈은 서서 받는다.

그만큼 자식에게 손을 벌리는 건 절대 쉬운 일이 아니다.

'아버지가 고소당해서 자식한테 합의금을 달라고 하는 것만큼 꼴불견인 게 또 없지.'

그런데 150만 원이면 상황이 좀 달라진다.

자기 연금으로 어떻게 대충 낼 수도 있는 수준.

하다못해 대출이라도 받아서 내고 연금으로 조금씩 갚아 갈 수 있는 수준이다.

"아…… 맞습니다. 그 말이 맞기는 하네요. 제가 그거 보고 글 쓴 건 사실이니까."

"그러면 교사받으신 게 맞군요."

"네, 그게 교사라면 뭐……."

노형진은 씨익 하고 미소 지었다.

보복? 그 방법은 실로 많다. 다만 쓰지 않을 뿐.

'집단은 강하다. 하지만 그만큼 의심도 많지.'

특히나 이들은 모여서 교육받거나 같이 생활하거나 한 사람들이 아니다. 그저 사상이 같아서 모여 있을 뿐이다.

그리고 기본적으로 이권은 사상보다 우선되는 경우가 많다.

"그러면 그 사람에 대해 아시는 건 없으신가요?"

"그 사람? 누구요? 빨갱이척살?"

"네."

"어…… 만나 본 적은 없습니다."

"그런데 왜 그러셨어요? 알지도 못하는 사람한테 부탁받아서 범죄를 저지르고."

"크흠……."

"그 사람이 속인 것일 수도 있잖습니까?"

"속이긴 뭘 속였다고 그럽니까?"

"아니, 그렇지 않습니까? 저도 그 글 봤습니다. 저희 의뢰인인 손정수 씨에 대해 빨갱이 타령하면서 때려죽여야 한다고 했던데, 사실 손정수 씨가 빨갱이라는 증거는 전혀 없잖아요?"

"어…… 그게……."

'그래, 이게 이들의 약점이지.'

사실 이런 식으로 나이 많은 사람들은 선동에 쉽게 당한다.

가령 시위하자고 하니 나가기는 하는데 그게 무슨 시위인지 모르는 경우도 종종 있다.

이런 타입은 자신들이 지지하는 정치인들에게 맹목적인 경우가 많기 때문이다.

'그리고 거기에 살짝 의심이 들기 시작하면 아주 개판 되는 거지.'

노형진은 실실 웃으며 말했다.

"아무리 봐도 그분이 엿 먹이려고 제대로 준비하신 것 같은데."

"뭘 엿을 먹여요?"

"빨갱이도 아닌 사람한테 빨갱이라고 한 건 둘째 치고요, 글 보셨잖아요. 벌금 150만 원 냈다고. 그렇다면 그분처럼 욕하면 똑같이 당하지 않습니까? 그런데 그걸 알면서도 같이 조지자고 해요? 에이, 그건 말도 안 되죠."

순간 상대방은 아차 싶었다.

그 부분은 감안하지 못했던 것이다.

그가 벌금을 냈다면, 자신도 걸리면 내야 한다는 걸 말이다.

"그 사람은 그걸 뻔히 다 알면서 그렇게 글을 올린 것 같던데요."

"아니야. 그럴 리가 없어요."

"그리고요, 저희가 자료를 확인해 봤는데 저희 명단에 빨갱이척살이라는 분은 없어요."

"뭐요?"

"그런 분은 없다니까요. 아무렴 저희가 고소하는데 닉네임은 다 확인하지요. 그런데 명단을 아무리 뒤져 봐도 빨갱이척살이라는 닉네임은 저희 기록에 없어요."

노형진의 말에 피고소인은 멍한 표정이 되었다.

그러나 이것 또한 말장난이다.

애초에 노형진은 빨갱이척살이 누군지도 모른다.

그리고 1차로 고소당한 사람들은 메일이나 문자 위주로 보냈고 거기에는 실명이 들어가거나 메일 주소가 들어가지, 닉네임은 안 들어간다.

당연히 빨갱이척살이라는 이름을 기록에서 찾아 봐야 나올 리가 없다.

"아무래도 요즘 유행하는 지능형 안티에 당하셨네."

"지능형 안티?"

"그런 거 있지 않습니까? 같은 편인 척하면서 상대방 엿먹이는 거. 그것 같네요."

"이이익!"

피고소인의 눈이 붉어지기 시작했다.

이건 생각도 못 한 일이었으니까.

'뭐, 떡밥은 이 정도면 된 것 같네.'

노형진은 실실 웃으며 자리에서 일어났다.

"그러면 합의금이 들어오면 합의서는 발송해 드리겠습니다. 그럼 이만."

노형진은 그 자리를 떠났지만 뒤에 남은 피고소인은 분을 참지 못해 부들부들 떨었다.

⚖️

"도대체 뭘 어떻게 하신 겁니까?"

임진기는 무슨 마법사 보듯이 노형진을 바라보았다.

"갑자기 메일하고 문자가 딱 끊어졌습니다. 완벽하게 끊어진 건 아니지만 과거에 비하면 거의 안 오는 수준이네요."

"하하하, 그 사이트에 안 가 보셨습니까?"

"그 사이트에도 들어가 봤습니다. 그래서 묻는 겁니다, 도대체 뭘 어떻게 했기에 서로 싸우기 바쁜 건지."

처음에는 작은 소란 정도였다.

하지만 몇몇이 특정 아이디를 소위 말하는 저격을 하기 시작하자 싸움은 커져 갔고, 이제는 사이트 자체가 양분되어서 서로 소새끼 개새끼 하고 있었다.

일이 그 지경이 되자 더는 손정수를 조지자는 이야기에 신경 쓰는 사람도 없었고, 그 때문에 그에 대한 공격은 완전히 멈출 수밖에 없었다.

"뭐, 약간의 의심에 씨앗을 던져 준 것뿐입니다."

"그걸로 이 지경이 된다고요?"

"충분히 가능합니다. 다만 저들은 그에 당한 걸 모르겠지만요."

"으음……."

"인터넷에 대한 명언이 있지요. 인터넷은 누구도 책임지지 않는 공간이다."

많은 사람들이 인터넷에서 의견을 묻고 또 조언을 구한다.

하지만 그렇게 얻은 조언은 아무런 의미도 없는 경우가 많다.

왜냐? 누구도 책임지지 않기 때문이다.

하물며 친구 사이의 조언도, 그게 잘못된 조언이라면 친구와의 관계가 완전히 틀어져 버릴 가능성이 존재한다.

그래서 조언이라는 건 조심스러울 수밖에 없다.

하지만 인터넷의 조언은 누구도 신경 쓰지 않고 누구도 책임지지 않는다.

"그 상황에 딱 걸린 거죠."

고소당한 사람들은 자기들이 고소당하게 글을 올린 사람에게 책임을 묻고 싶을 것이다.

반대로 글을 올렸던 사람들은 너희들이 한 짓의 책임을 왜 나한테 묻느냐고 발끈하는 꼴이 된다.

"이런 상황에서 우리 의뢰인을 공격할 수는 없지요."

이미 고소한다는 소문이 난 데다가 그게 함정이라고 생각되면 더더욱 말이다.

"어이가 없네요."

"그렇지요? 그래도 제법 쓸 만한 작전입니다."

노형진은 빙긋 웃었다.

"그리고 아직 사건은 끝나지 않았습니다, 후후후."

⚖️

채임무는 자신에게 날아온 어마어마한 고소장에 손이 부들부들 떨렸다.

자신을 모욕의 교사범으로 고소한 사건.

그런데 그 숫자가 무려 이백여든 건이다.

"아니, 이게 말이나 됩니까?"

그는 변호사를 만나서 부들부들 떨며 상담을 했다.

이미 모욕으로 벌금 150만 원을 냈다.

그것만 해도 부담스러웠다. 그런데 교사범은 정범과 동일한 처벌을 받는다고 한다.

그 말은 건당 150만 원씩 벌금을 내야 한다는 소리다.

"이건 법적으로 따져 봐야겠지만……."

변호사는 진땀을 흘렸다.

그럴 수밖에 없는 게, 이런 사건은 처음이니까.

"현실적으로 말하면 이건 교사로 볼 수밖에 없습니다."

"변호사님, 그럴 리가 없습니다. 요즘 이렇게 안 하는 사람이 어디 있다고…….."

"그게 문제입니다. 안 하는 사람이 없다고 불법이 아니게 되는 건 아니라서요."

실제로 인터넷에서 뭔가를 할 때 소위 말하는 좌표를 찍는 행동을 많이 한다. 집단의 힘으로 상대방을 몰아붙이기 위해서다.

그런데 그 행동의 대부분은 모욕과 공격을 의미한다.

"그건 교사로 볼 수 있습니다."

"난 그 인간들을 본 적도 없다니까요!"

"교사를 할 때 꼭 대가나 대면이 필요한 건 아니라서…….."

불특정 다수에게 교사해서 결과적으로 그중 일부가 범죄를 저지르면 교사는 완성된다.

"지금까지 이걸 이렇게 해석한 사람은 없었는데."

그런데 이걸 이렇게 해석하면 분명 가능성은 존재한다.

물론 사례가 없기 때문에 실제로 재판을 해 봐야 하겠지만 말이다.

"그럴 수는 없습니다. 그게 말이나 됩니까!"

무려 이백여든 건이다.

그 벌금을 다 내는 건 불가능하니 결국 채임무는 망하게 되는 것이다.

"일단 이건 재판을 가 봐야 하는데 말입니다."

"제발…… 제발 부탁드립니다."

"그런데…… 좀 비쌀 겁니다."

"네? 그게 무슨 말입니까?"

변호사는 한숨을 푹 쉬었다.

"이 사건은 1심에서 안 끝날 겁니다. 판례가 없기 때문에 검찰 쪽도 대응법을 찾아야 하니 당연히 항소할 테고, 아마 3심까지 갈 가능성이 큽니다."

"3심이라고 하시면?"

"현실적으로 말씀드리면 변호사비가 못해도 3천만 원은 나올 거라는 이야기입니다."

채임무는 세상이 무너진 듯한 표정이 될 수밖에 없었다.

***

"아이고야, 개판 났네요."

손정수는 즐거운 표정이었다.

상황이 돌변했다.

그렇게 그를 빨갱이라고 몰아붙이며 모욕하던 사람들이 어떻게 해서든 합의하기 위해 고개를 숙이고 들어온 것이다.

자신을 주로 공격하던 사이트는 서로 물어뜯느라고 정신이 없다.

특히나 교사범으로 특정된 사람들은 자신을 교사범이라고

지정한 사람들에게 하루 종일 욕을 퍼부었고, 반대로 교사당했다고 주장하는 사람들은 그런 그들을 욕하고 다녔다.

"사이트 관리자가 어떻게 손쓰지도 못하는 모양이네요."

"워낙 많아야 말이지요."

두 집단이 세력화되어서 서로를 물어뜯다 보니 관리자 입장에서는 미치고 팔짝 뛸 일이었다.

한쪽을 쫓아내자니 결국 한쪽을 편드는 셈이고, 양쪽 다 쫓아내자니 사이트 회원 수가 줄어들 수밖에 없다.

"그나저나 논문은 어떻게, 잘되어 가십니까?"

"생각보다 힘드네요. 이런 사례가 역사적으로는 처음인지라 쉽지 않습니다."

"아무래도 그렇겠지요. 이상하게 인간은 개별적으로는 똑똑한데 집단이 되면 멍청이가 된단 말이지요."

노형진은 피식 웃으며 말했다.

"일단 이제 손정수 씨를 공격하는 사람은 없을 겁니다. 그들에게 중요한 건 손정수 씨가 아니게 될 테니까요."

"하긴 사이트가 저 지경이면 뭐……."

올라오는 글의 절반이 욕설로 되어 있는 상황.

그 상황에서 저들이 다른 사람을 공격하기는 쉽지 않을 것이다.

"아, 그리고 사이트를 하나 만들까 합니다."

"사이트요?"

"네. 저렇게 싸움이 계속되면 다른 회원들은 피로감을 느끼죠."

그리고 그런 사람들은 자연스럽게 다른 곳을 찾아서 이탈하게 된다.

"그런데 저런 성향의 사이트는 많지 않거든요."

아무래도 인터넷에 익숙한 세대가 아니다 보니 저런 성향의 사람들이 모이는 곳은 많지 않아 알려진 곳으로만 가게 된다.

"그러니 저들의 성향에 맞는 사이트를 하나 만들어서 이탈하는 회원들을 받을 겁니다."

"잠깐, 그거 설마……?"

"맞습니다. 알바들이 주로 쓰는 방법이지요."

특정 진보 사이트를 망가트릴 때 알바들이 쓰는 방법이 바로 헛소리를 찍찍 해 대면서 싸우는 거다.

논리? 그런 건 필요 없다.

그냥 도발하면서 싸움을 걸고, 그걸 키우고, 거기에 지친 사람들이 결국 그곳을 떠나게 만든다.

"하지만 사이트에 회원 숫자가 많으면 그것도 나름 짭짤하고 비싸게 팔 수 있거든요."

손정수는 혀를 내둘렀다.

"진짜 손해는 눈곱만큼도 안 보시네요."

"하하하하."

노형진은 크게 웃을 수밖에 없었다.

일본의 가장 큰 약점

일본의 현 상황은 원역사와는 많이 달랐다.

아마도 노형진이 돌아오고 나서 가장 많이 바뀐 것이 바로 일본의 역사일 것이다.

일본 입장에서는 억울해서 미치고 팔짝 뛸 만한 일일지도 모르지만 미래의 역사를 알고 있는 노형진 입장에서는 어찌 보면 당연한 일이다.

"일본에 은행을 하나 만들죠."

"은행? 아니, 뭔 은행? 그게 그리 쉽게 되나? 결코 쉽지는 않은 일일 텐데?"

"정확하게 표현하자면 은행을 만드는 게 아니라 은행을 인수하겠다는 겁니다."

노형진은 유민택을 만나서 일본을 흔드는 최종장을 시작할 때가 되었다고 이야기했다.

"일본이 흔들리면 대동은 사상누각입니다. 그때 신동하가 치고 들어간다면 대동이 쓰러지는 건 일도 아닐 겁니다."

"그건 좋은 생각이기는 하네만, 은행 하나 만든다고 그게 가능해지나?"

"가능합니다. 일단 일본의 현재 상황을 보면 말이지요."

"이해가 안 가는군. 아무리 일본이 약해졌다고 해도 고작 은행 하나일세."

은행이라는 존재는 분명 이 세계에서 아주 중요한 사업적 요소이기는 하다.

당장 공산주의 국가에도 은행은 존재한다.

화폐라는 게 생기고 존재하는 이상 은행은 어찌 보면 필수적인 존재일지도 모른다.

"압니다. 하지만 일본은 그쪽으로는 상당히 발전이 더딘 편입니다."

"어째서?"

"일본의 은행은 극단적 자본주의의 표상이라고 할 수 있으니까요."

"아니, 이해가 안 가는데. 은행이야 당연히 자본주의의 표상 아닌가?"

유민택은 어리둥절한 얼굴로 말했다.

하긴 그는 한국의 은행과 주로 거래하며 VIP 대우만 받으니 일본의 은행의 현실에 대해 아는 게 오히려 이상한 것일 수도 있다.

"일본의 은행은 은행이라기보다는 유료 저장 창고라고 표현하는 게 맞을 겁니다."

"무슨 소리인가?"

"모든 게 수수료라는 거죠."

한국에서는 돈을 은행에 보관하면 아주 적긴 하지만 그래도 이자를 준다.

그런데 일본은? 정반대다.

"일본은 일단 보관료부터 받습니다."

"돈을 보관한다고 돈을 받는다고?"

"그렇습니다."

그런데 웃긴 건 그게 시작이라는 거다.

"제가 들은 이야기를 하나 해 드리죠."

누군가 친구에게 돈을 만 원 보내려고 했다.

그런데 은행에서는 계좌 이체 비용으로 5천 원을 달라고 한다. 그리고 가는 데 3일 정도 걸린다고 한다.

그 사람은 그 돈이 아까워서 무통장 입금을 하려고 했다.

그랬더니 무통장 입금을 하기 위해서는 4천 원을 더 내야 한단다.

그래서 차라리 돈을 직접 주는 게 낫겠다고 생각해서 현금

인출하려고 하려니 현금 인출 비용으로 3천 원을 달라고 한다.

"이게 일본 금융 상황입니다."

"뭔가, 그게?"

유민택은 어이가 없었다.

물론 계좌 이체 수수료 정도는 있을 수 있다.

한국도 그 돈은 받으니까.

하지만 무통장 입금에 출금까지 비용을 따로 받는다?

"제가 말씀드린 일본 은행의 극단적 자본주의화가 이겁니다."

기본적으로 은행이라는 곳이 수익을 내는 방식은 약간의 수수료와, 투자를 통한 수익 창출이다.

하지만 일본의 은행들은 수수료+수익 창출에 대한 수익을 자기들이 다 먹는 형태로 운영된다.

아니, 지금은 현실적으로 투자를 통한 수익 창출이 거의 제로 수준으로 떨어졌다고 봐도 무방할 정도다.

"그렇다고 일본 은행이 안전하냐? 그것도 아닙니다."

"아니라고?"

"네. 한국은 비상사태에 정부에서 은행별로 1인당 5천만 원까지 저축액을 보장해 줍니다."

그런데 일본은 그런 게 없다.

도리어 은행은 국가로부터 자유롭지 못하다.

실제로 일본은 과거에 국가에 빚이 많을 때 은행에 저축된

국민들의 예금 절반을 강탈해서 빚을 갚는 데 썼다.

"그래서 일본은 은행에 대한 믿음이 약합니다. 일본의 전산 시스템이 미래화되지 못하는 가장 큰 이유 중 하나가 바로 그것입니다."

신용카드나 체크카드가 널리 유통되기 위해서는 당연히 돈이 은행에 들어 있어야 한다.

하지만 일본은 여전히 상당수 가게에서 카드 자체를 받지 않는다.

탈세 목적도 없는 것은 아니나, 기본적으로 국민들에게 은행에 대한 믿음이 없기 때문이다.

어느 정도냐면 사람들이 흔하게 가는 햄버거 체인인 맥날도 여전히 카드 결제가 안 된다.

거의 전 국민이 가는 가게가 그 수준이니 다른 곳이야 너무나도 당연하게 카드가 안 된다.

"아, 기억나네. 일본 사람들은 집 안에다가 돈을 쌓아 둔다지?"

"그렇습니다."

장판 아래나 창고, 심지어 땅속에다가 현금을 묻어 두는 게 일본 사람들이다.

그 기반에는 은행에 대한 불신이 깔려 있다.

은행이 자신들의 돈을 지켜 주지 않을 거라는 걸 알기 때문이다.

"더군다나 연금 문제도 있지요."

일본 사람들에게 연금은 아주 예민한 문제다.

철옹성이라 불리던 일본 자민당이 과거의 어느 선거에서 유일하게 패배했던 원인이, 자민당에서 일본의 연금 제도를 건드리려고 했기 때문이었을 정도다.

그것도 한국처럼 많이 내고 조금 받는 정도가 아니라 거의 절반 가까운 연금 수금액을 주지 않으려고 했기에 자민당은 그 선거에서만큼은 권력을 잃어버릴 수밖에 없었다.

"실제로 한국에 있는 은행이 일본에 진출할 때 다른 조건 없이 오로지 1%대의 예금 금리만을 보장했을 뿐인데도 어마어마한 숫자가 몰려들기도 했지요."

"악순환이 어마어마하겠군요."

"어마어마하죠."

은행에서는 투자를 해서 돈을 벌어야 하는데 투자할 돈이 안 들어오고, 돈이 안 들어오니 다른 수익 모델을 찾아야 하고, 그래서 온갖 수수료를 다 붙이고, 그러니 국민들은 그 돈이 아까워서 은행에 가지 않는다.

"일본 은행의 문제가 그거죠."

돈이라는 것은 기본적으로 시간이 지나면 그 가치가 떨어지게 되어 있다.

그리고 이자는 그걸 보전해 주는 최소한의 조건이다.

시대가 바뀌어서 그마저도 안 주려고 한다지만, 일본의 은행은 도리어 예금을 해 둘수록 현실적으로 재산의 가치 하락 정도가 아니라 실제로 손실이 발생하는 구조를 가지고 있다는 것이 문제다.

"거기에다 가장 큰 문제는 시작도 안 했다는 거죠."

"시작도 안 했어?"

"일본은 장기적으로 파산할 수밖에 없습니다. 국채 때문이지요."

"일본 국채……. 하긴 그건 나도 알고 있는 문제군. 그래, 일본은 오래 못 가겠지."

일본은 후쿠시마 사태 이후에 그 복구비로 어마어마한 돈을 들였다.

그래서 제대로 된 행정도 하지 못할 만큼 예산이 부족하다.

문제는 돈이다. 그렇다면 당연히 그걸 보충해야 한다.

그러나 국가라고 해서 무차별적으로 돈을 찍어 내면 미친 듯한 인플레이션이 닥치는 건 당연한 일이고, 그 충격을 줄이기 위해서는 다른 곳들과 함께 그 문제를 짊어져야 한다.

"일본에서 나오는 대부분의 국채가 일본 은행에서 구입된다는 사실은 뭐 딱히 비밀도 아니죠."

이미 일본의 투자 신용 등급은 상당히 많이 하락한 상황이다.

국채라는 건 사실 애초에 그다지 큰 수익이 되지 못한다.

기본적으로 이자율이 낮기 때문이다.

그래서 해외에서도 국채에 투자하는 사람은 많지 않다.

국채에 투자하는 사람들은 대부분 수익률보다는 안전성에 더 신경 쓰는 이들이다.

"문제는 아까도 말씀드렸다시피 일본의 신용 등급이 믿을 수 없는 수준이라는 거죠."

사실 일본 정부에서 나오는 국채를 구입해 주는 나라는 이제 많지 않다.

하지만 돈은 나와야 한다.

그렇다면 그걸 구입하는 사람은 누굴까?

"은행이지."

"맞습니다."

그것도 일본 은행이다.

현재 일본에서 나오는 국채의 대부분은 일본의 은행들이 구입하고 있다.

쉽게 말해서 일본의 국민들이 일본의 빚을 대신 감당하고 있는 것이다.

"그렇다 보니 불안감이 점점 퍼지고 있지요."

일본의 빚이 어마어마하다는 건 널리 알려진 사실이고, 그걸 갚는 게 쉽지 않다는 것도 너무 자명한 일이다.

"일본 정부는 부자이지만 국민은 가난하다, 그게 바로 일본의 문제이지요."

이 상황에서 일본이 파산하는 사태가 벌어지면 어떤 일이 일어날까?

당장 일본 정부 입장에서는 채권의 지불을 정지시킬 것이다.

그러면 그 타격을 직격으로 입는 것은 일본 은행이 된다.

"그 사태가 터지면 당장 일본 국민들은 예금을 인출하려고 하겠지요."

"그렇지."

하지만 그건 불가능하다. 이미 그들의 재산은 채권을 사는 데 모조리 들어갔을 테니까.

당연히 일본의 은행은 연쇄 부도를 피할 수 없다.

"그러면······."

"은행의 부도가 한 나라에 미치는 영향은 어마어마하지요."

하물며 은행 하나만 해도 그럴진대, 현 상황에서 일본의 국채에 묶여 있는 건 일본에 있는 은행들 전부인지라 문제는 터무니없이 커질 수밖에 없다.

"그래서 조금이라도 자산이 있고 관리에 신경 쓰는 사람들은 일본의 은행을 믿지 않습니다."

그래서 여전히 기업들조차도 월급을 현금으로 주는 게 일본이다.

직원이 그렇게 원하는 것도 있고, 기업들은 아무래도 국민들보다 훨씬 더 자금이나 사정에 예민할 수밖에 없기 때문이다.

"그런데 한국이랑 그거랑 무슨 관계인가?"

"아까도 말씀드렸지만 일본의 은행은 비상사태에 버틸 수 있는 힘이 없습니다."

일단 국채에서 손실이 어마어마할 테고, 일본 정부에서도 과거처럼 국민들의 예금을 이용해서 빚을 갚으려고 할 가능성이 아주 농후하다.

아니, 분명 그렇게 된다.

그게 아니면 일본은 살아날 방법이 없으니까.

그렇게 해도 일어날 방법이 없을 정도로 일본의 빚은 어마어마하게 늘어난 상황이니까.

"기본적으로 가장 큰 문제는 다름 아닌 보장이 안 된다는 거지요."

"그렇겠지."

"그런데 만일 우리가 보장을 해 준다면 어떻겠습니까?"

"보장을 해 줘?"

"그렇습니다. 예금 전부를 한국으로 가지고 오는 겁니다."

"흐음?"

유민택은 호기심이 생겼다.

기본적으로 산업은 돈이다.

그래서 기업이 은행에서 돈을 빌리는 거고, 그 돈은 국민들이 예금한 것이다.

"일본 은행들이 돈을 보장하지 못하는 이유는 간단합니다."

일본 정부와 아주 진하게 연결되어 있으니까.

좀 독하게 말하면 은행이 파산하든 말든, 국가 채무불이행 상태가 되든 말든 일본의 수뇌부는 상관없다.

이미 대부분은 돈을 국외로 빼돌려 놨으니까.

그래서 은행이 파산해도 그들에게는 아무런 문제도 없다.

그저 은행에 돈을 넣어 둔 사람들과 은행의 직원들만 지옥으로 떨어질 뿐이다.

수뇌부는 은행 파산이라는 결과만 도출하고 해외로 튀어 버리면 그만이고.

"이미 실제로 상당수 진행된 상황이구요."

많은 전문가들이 일본에 미래가 없다고 이야기하고 있는 중이다.

그리고 일본 정부는 어떻게 해서든 그걸 막기 위해 노력하고 있고 말이다.

회귀 전에는 그나마 버틸 만했는데, 회귀 이후에는 노형진이 작심하고 흔들기 시작하면서 더더욱 빠르게 진행되고 있다.

"거기에다 도쿄 올림픽 문제까지 더해졌지요."

"하긴. 일본 정부는 절대 포기 못 한다고 했지."

유민택도 인정하는 문제인 올림픽.

일본 정부는 홍보 차원에서 무리하게 진행하는 모양이지만 경제적인 부분에 있어서 올림픽은 재앙이라는 말이 딱 맞다.

국가적인 적자, 그것도 어마어마한 적자를 감당해야 하기 때문이다.

일본 정부에서 도쿄 올림픽의 자원봉사자들에게 숙소를 제공하지 않는 것만 봐도 악순환의 영향이 어마어마하다는 것을 알 수 있다.

단순히 제공하지 '않는' 것이 아니라 돈이 없어서 '못하는' 것이다.

그런데 그 시기는 성수기라, 숙박비가 상상도 못 할 만큼 비싸다.

"아무리 못해도 그 시기에 일본의 숙박비는 최소 30만 원은 할 겁니다. 그것도 가장 낮은 등급의 안 좋은 숙소가요."

그런데도 일본 정부는 자원봉사자더러 숙소를 직접 구하게 했다.

심지어 올림픽 기간에 방을 구하기 힘드니 3주 전에 봉사 지역에 와 두라고 훈령을 내리기까지 했다.

당연히 후쿠시마 자원봉사를 포기하는 사람들이 넘쳐 났다.

그도 그럴 것이, 한국의 평창 올림픽은 욕은 먹었어도 숙소 제공뿐 아니라 생활도 다 책임졌는데, 일본은 생활도 자비로 해결해야 한다.

그런데 심지어 일본 정부가 요구하는 체류 기간은 38일.

일본 특유의 캡슐 호텔에서 비성수기에 최소한의 기간만 묵는 것으로 계산했을 때의 최소 비용이 580만 원이다.

그마저도 식비나 기타 경비를 제외하고 순수하게 호텔비만 계산한 것이다.

그것도 오르기 전 일반적인 요금을 기준으로.

당연히 성수기인 올림픽 기간에는 이 비용의 배는 들어갈 수밖에 없다.

"올림픽 기간에 자원봉사를 하려면 2천만 원 정도가 필요하다고 하더군요."

"해외에서 오는 사람들은 거의 없겠군."

"그러면 결국 국민들을 쥐어짜겠지요."

당연히 그만큼 경비가 더 들어갈 테고, 그 비용은 기하급수적으로 늘어날 수밖에 없다.

"물론 그것도 올림픽 개최까지 갈 수 있을 때의 이야기지만요."

노형진은 빙긋 웃으며 말했다.

"중요한 건 일본 국민들도 일본 정부와 은행을 믿지 않는다는 거지요."

"그러니까 우리가 진출한다?"

"아무리 일본 정부라고 해도 다른 나라의 기업에 돈을 내놓으라고 하지는 못합니다."

노형진의 계획은 일본에서 예금을 받아서 한국으로 가지고 오는 것이다.

방법은 많다.

투자 형식으로 가지고 와도 되고, 아예 한국 내 은행에 다시 예금하는 형태를 취해도 된다.

"일본에서 자산이 어마어마하게 들어오겠군."

"지금까지와는 좀 다른 의미의 자산이겠지요."

지금까지 들어온 일본의 자산은 포식성에 가까웠다.

한국의 기업들에서 수익을 약탈하고 한국 국민들의 돈을 빼앗아 가기 위한 일종의 사채 같은 성향이 강했다.

"하지만 그 은행에서 들어오는 돈은 성향이 많이 다를 겁니다."

생존을 위해 보호해야 하는 자산이다.

그리고 일본으로 가지 않게 하기 위한 자산이다.

"흠……."

유민택은 심각한 표정으로 고민에 빠졌다.

노형진의 말마따나 일본의 미래는 암울하다.

'우리가 아니더라도 결국은 털어먹기 위해 국제 사기꾼들이 몰려들기 시작할 시점이야.'

국가의 경제가 흔들리기 시작하면 누가 가장 몰려들까?

그건 국제 사기꾼들이다.

그들은 허약한 국가를 흔들고 한탕 크게 해 먹으려고 한다.

당장 한국이 그렇게 당해서 IMF가 왔다.

그렇다면 국민들의 생존이 문제가 된다.

IMF 당시 한국에서 얼마나 많은 사람이 자살했던가?

거기까지 생각하던 유민택은 갑자기 소름이 돋았다.

"설마 자네, 일본에 IMF를 일으킬 생각인가?"

"가는 게 있으면 오는 게 있는 법이지요."

"자네…… 진짜 무섭군."

그 당시에 일본이 한국의 뒤통수를 친 건 유명한 사실이다.

한창 성장하던 한국 경제를 파탄시키기 위해 번개같이 남은 외화를 모조리 빼 가 버렸으니까.

"제가 원한을 잊어버리는 타입은 아니라서요."

"단순히 그것만은 아닌 것 같은데?"

"단순히 그것만으로 끝낼 생각은 없습니다."

노형진은 잔인하게 웃었다.

그는 이번 기회에 일본이 따라오지 못하게 박살을 낼 생각이었다.

"그게 무슨 소리인가?"

"그건 그때 가서 서프라이즈 해 드리지요."

노형진은 웃으며 말했다.

"중요한 건 은행을 만들어서 한국으로 자산을 빼 오는 겁니다."

"하지만 그게 가능할까?"

"적당한 사냥감이 나왔습니다. 일본의 대형 은행이 아닌 작은 은행입니다만."

대부분의 나라에서 은행은 쉽게 허가가 나지 않는다.

해외은행은 노형진이 말하는 것처럼 국가의 부를 해외로 내보내는 통로가 될 수도 있기 때문이다.

그러나 허가는 힘들지만 매물로 나온 은행을 사는 건 가능하다.

실제로 한국 은행의 대부분은 영업하는 곳이 한국일 뿐 대부분 해외 자본에 넘어가 있다.

IMF 당시에 첫 번째 사냥 대상이 은행이었기 때문이다.

"그곳을 구입하려고 합니다."

"자네는 내가 거기에 투자하기를 원하는군."

"장기적으로 나쁜 것은 아닙니다."

"하긴."

한국은 법에 의해 기업이 은행을 소유하지 못하게 되어 있다.

만일 그랬다가는 진짜 그 은행에서 기업이 마음대로 돈을 빼다 쓰게 되기 때문이다.

"하지만 해외은행에 대한 제한은 좀 덜하지요."

정확하게는 제삼의 기업을 만들고 그 기업이 다시 은행에 투자하는 형태를 만들 수 있다.

"이미 미국에 하나 만들어 놨습니다. 자본도 충분히 있으니 해볼 만할 겁니다."

미국에서 금광이나 다름없다고 하는 병원들을 집어삼킨 노형진이다.

일본의 작은 은행? 그거 하나 사는 건 어려운 일이 아니었다.

"아마 재미있는 일이 될 겁니다."

유민택은 피식 웃었다.

지금까지 노형진의 계획이 실패한 적은 없었다.

물론 위험부담이 없는 건 아니다.

하지만 유민택 역시, 과거와 비교할 수 없을 정도로 대룡이 커진 상황. 그 정도 위험부담은 감수할 만했다.

"그 게임, 나도 끼어들지."

⚖

일본의 동진은행.

그다지 큰 은행은 아니다. 정확하게 표현하자면 지방 저축은행 정도 된다.

물론 저축은행이라고 해서 시스템이 없는 건 아니다.

다만 그 자산이 충분하지 않기 때문에 지방에서만 활동할 뿐이다.

그런 동진은행이 매물로 나왔을 때 사실 누구도 살 거라 생각하지 않았다.

거대 은행들도 그다지 상황이 좋지 못한 일본인데 망해 가는 동진은행을 누가 사겠냐고 생각했던 것이다.

그런데 그런 동진은행이 팔렸다.

물론 워낙 사정이 안 좋은 동진은행이었기에 싼 가격이긴 했지만, 그래도 팔렸다는 사실에 직원들은 안도했다.

"자, 자! 새로운 사장님이 오신다니까 모두 잘 준비하시고. 저기 저거, 죽은 화분도 좀 버리고……."

동진은행의 본점을 이끄는 카미야 신조는 마음이 급했다.

자신이 점장이기는 하지만 결국 월급쟁이다.

더군다나 망해 가는 은행의 점장이라니, 딱 모가지 날아가기 좋은 상황이다.

"사토 군! 지금 저거 뭐야? 어? 저거, 자네 책상에."

"아니, 저건 그냥 선인장인데요?"

"죽었잖아! 버려!"

"안 죽었는데……."

"그러면 네가 죽든가."

사토라고 불린 남자는 눈치를 보면서 선인장 화분을 쓰레기통에 버렸다.

"잘 들어. 아무리 경기가 안 좋다지만 은행만 한 곳 없다는 거 알지? 정신들 차려. 어디 가서 새 직장 구할 생각 말고."

"네!"

모두에게 몇 번이나 말한 카미야 신조는 시계를 초조하게 바라보았다.

그리고 대충 시간이 되자 직원들을 바깥으로 내몰았다.

이것이 법이다

"빨리 가서 줄 서!"

"네? 하지만 점장님, 아직 고객들이……."

"아, 가서 서라면 서!"

어차피 고객이라고 해 봐야 세 명뿐이다.

은행이 위험하다는 말에 죄다 예금을 꺼내서 나가 버렸으니까.

"죄송합니다. 잠시만……."

결국 직원들은 바깥으로 나와서 줄을 섰다.

그리고 잠시 후 한 대의 세단이 은행 입구로 들어섰다.

"어서 오십시오."

노형진은 차에서 내려서 안으로 들어가려다가 흠칫했다.

입구에 도열해 있는 직원들의 숫자를 보아하니 아무래도 전 직원을 동원한 것 같았다.

"환영합니다, 대표님!"

카미야 신조는 선두에 서서 고개를 꽉 숙였다.

노형진은 그를 바라보다가 시계를 힐끔 보았다.

"지금 뭐 하는 거지요?"

"네?"

"지금 업무 시간 아닙니까?"

"아, 네…… 그게……."

"망할 만하네요. 대표가 오면 언제나 이랬습니까?"

"아니, 그게……."

"당장 들어가세요."

카미야 신조는 다급하게 몸을 돌려서 손을 흔들었고, 직원들은 허둥지둥 원래 자리로 돌아갔다.

노형진은 그들을 무시하고 안으로 들어갔다.

카미야 신조는 그런 노형진을 다급하게 뒤따르며 말했다.

"죄송합니다. 첫 출근이셔서……."

"내가 원하는 건 돈이지 예우가 아닙니다."

"죄송합니다."

카미야는 진땀을 흘렸다.

차라리 예우를 요구하면 대응하는 건 쉽다. 하지만 수익을 만들어 내는 건 절대 쉬운 일이 아니었다.

"방으로 올라가지요."

노형진은 그를 데리고 갔다.

그렇게 넓은 방에 둘만 남게 되자 카미야 신조는 진땀을 흘렸다.

"카미야 신조 씨."

"네…… 대표님."

"실적이 좋지 않더군요."

"그게……."

카미야 신조는 침을 꿀꺽 삼켰다.

좋지 않다. 안 좋을 수밖에 없다.

이 작은 은행에서 뭘 어떻게 할 수 있는 게 없었으니까.

가뜩이나 은행을 믿지 않는 일본인들이다.

거기에다 규모까지 작다? 누가 믿겠는가?

그나마 다행인 것은 워낙 규모가 작은 편이라 일본 정부에서 강제로 국채를 팔지는 않았다는 것이다.

그나마 수수료를 받아서 운영해 왔는데 그마저도 전 대표가 횡령하고 튀는 바람에 기업이 넘어간 것이다.

'아, 이제 끝이구나.'

카미야 신조는 속으로 자신의 해직을 받아들였다.

사실 사장이 바뀌었는데 고위직을 남겨 둔다는 것은 말도 안 되는 일이기는 하다.

'직장을 알아봐야 하나? 이 나이에 취업이 가능할까?'

그의 머릿속은 엄청나게 복잡해졌고 가족들의 얼굴이 스치고 지나갔다.

그래서 큰 실수를 하고 말았다.

"카미야 씨, 지금 내 말 안 들립니까?"

"아, 아…… 죄송합니다. 제가 잠깐 다른 생각을……. 그러면 언제까지 사표를 내야 합니까? 시간을 좀 주시면…….."

"사표? 그만두실 생각입니까?"

"당연히 그래야지요, 대표님께서 나가라는데."

"무슨 소리 하는 겁니까?"

노형진은 미친놈 바라보듯 카미야를 바라보았다.

"제 말 제대로 안 들어요? 승진시킨다는데 뭘 잘라요?"

"승진이라고요?"

"그렇습니다. 오늘부터 카미야 신조 씨를 본사의 이사로 승진시킵니다. 그리고 현 시간부터 은행의 모든 시스템을 다 갈아엎겠습니다."

"네?"

"'네?'가 아닙니다! 하기 싫어요? 뭐, 하기 싫다면 말리지는 않습니다만."

"아닙니다. 합니다. 하겠습니다."

격하게 고개를 끄덕거리는 카미야 신조.

노형진은 그를 보면서 피식 웃었다.

'쓸 만한 사람이기는 한데 말이지.'

카미야 신조는 사실 상당히 쓸 만한 사람이었다. 유학파로 상당히 열려 있는 사람이기도 하다.

하지만 그가 활동한 시기가 문제였다.

그는 일본의 잃어버린 30년이라고 하는 극단적 불경기에 취업했다.

그때에는 일단 잘리지 않는 것이 중요했고, 그의 창의적 능력은 생존에 전혀 도움이 되지 않았다.

당연하게도 그는 살기 위해 모든 걸 포기해야 했고, 오로지 위에서 시키는 대로 하는 방향으로 사람이 바뀌었다.

기록을 보면 그도 나름대로 노력했지만 그 모든 노력은 헛짓거리 취급을 받으며 무시당했다.

즉, 카미야 신조의 능력이 떨어지는 게 아니라 일본이라는 나라에 그를 받아 줄 능력이 없었다고 봐야 했다.

'하긴 일본은 새로운 것에 대해서는 거부감이 무척이나 크지.'

그래서 일본의 수뇌부는 새로운 게 나오면 그걸 적극적으로 이용하려고 하는 게 아니라 그걸 활용하는 것을 막기 위해 사력을 다하는 모습을 보여 준다.

"카미야 씨!"

"네? 아, 네!"

멍하니 있던 카미야 신조는 노형진의 부름에 깜짝 놀라서 목소리를 높여서 대답했다.

"지금부터 카미야 신조 씨가 우리 회사의 성장을 위해 하실 일이 몇 가지 있습니다."

"몇 가지라고 하시면……?"

"첫 번째, 앱의 개발."

"애…… 앱요?"

"그렇습니다."

인터넷뱅킹조차도 제대로 안 되는 일본의 은행이다.

하지만 현실적으로 대부분의 국민들은 스마트폰을 쓰고 있다.

동진은행같이 작은 은행이 지점을 늘려 가면서 세력을 확장하는 데에는 한계가 있다.

그러면 해결책은 무엇일까? 그건 바로 한국에서는 누구나

다 쓰는 '앱'이다.

"한국에서 전문 팀이 올 겁니다. 그들과 함께 앱을 만들어서 고객들이 사용할 수 있게 하십시오."

"하지만 앱은……."

"압니다. 다른 은행들에는 없지요. 그렇기에 우리가 나서서 해야 한다는 겁니다."

인간은 일단 편한 것에 익숙해지면 절대 과거로 돌아가려고 하지 않는다.

"두 번째, 수익 방식의 개선."

"그게…… 쉽지 않습니다."

그게 가능했다면 동진이 망하지는 않았을 것이다.

그런데 이어지는 말이 카미야 신조를 놀라게 했다.

"동진은행은 현 시간부터 보관료를 받지 않습니다."

"네? 그게 무슨 말씀이십니까?"

"말 그대로입니다. 동진은행은 보관료를 받지 않습니다. 그리고 연 1%의 이자를 지급합니다."

"하지만 그러면 수익 모델이……."

"앞으로의 수익 모델을 찾는 게 당신의 업무입니다."

"네?"

"은행 내부에서 새로운 수익 모델을 찾습니다. 필요하면 외부에 새로운 사업을 오픈해도 됩니다. 심사야 받아야겠지만, 합당한 투자라면 용인해 드리겠습니다."

침을 꿀꺽 삼키는 카미야 신조.

지금까지 다른 사람들은 새로운 건 절대 시도하지 말라고 했다. 그런데 사장이 바뀌자 모든 게 바뀌기 시작했다.

그것만이 아니었다. 그다음에 이어진 말은 더더욱 놀라웠다.

"우리의 대출 대상은 재일 교포와 부라쿠민입니다."

"대표님!"

"왜요? 안 됩니까? 현행법상 그들도 일본의 국민들입니다만."

"아니…… 안 된다기보다는…….."

"물론 조건이 없는 건 아닙니다. 그들이 대출받고자 한다면 사업 모델을 마이스터에서 심사받아야 합니다. 그리고 마이스터의 심사에서 통과되고 투자가 결정된 건에 대해서만 대출이 들어갑니다."

카미야 신조의 눈빛이 떨렸다.

그 말은 마이스터가 대놓고 밀어준다는 걸 의미한다.

"그리고 그들이 성공하면 우리가 주거래은행이 되겠지요."

"그, 그건 그렇습니다만…….."

"손실은 우리가 부담합니다. 두려워할 필요는 없습니다. 주의만 한다면, 피해가 어느 정도 발생해도 책임을 묻지 않겠습니다."

사실 일본에서 재일 교포와 부라쿠민은 대출이 거의 안

된다.

일반인들조차도 그들을 꺼리고 심지어 회사에서도 그들을 쓰지 않으려고 하는데 은행에서 그들을 도와주겠는가?

'반대로 말하면 능력 있고 독기 넘치는 사람들이 있다는 거지.'

기회가 된다면 악착같이 하려고 하는 사람들이 있을 수밖에 없다.

일본의 청년들은 현재 많은 것을 포기했다.

대부분의 사람들이 뭔가를 하고자 하는 열정이 없다.

'하지만 그들은 좀 다르지.'

그들은 분노라는 감정을 가지고 있어서, 그걸 살짝만 건드려 주면 열정으로 바꿀 수 있다.

그 말은, 장기적으로 그들이 주류 사회의 핵심이 될 수 있다는 것이다.

'정치적인 면은 모르겠지만 최소한 경제적인 면에서는 가능해.'

카미야 신조는 노형진의 말을 곱씹으며 침을 꿀꺽 삼켰다.

지금까지 한 번도 들어 보지 못한 말이었다.

책임을 묻지 않는다!

카미야 신조는 어쩌면 자신이 원하는 꿈이 이루어질지도 모른다는 생각이 들었다.

"그러면…… 대표님, 제가 하고 싶은 게 있습니다."

이것이 법이다

'역시 이렇게 나와야지.'

만일 그가 유학파가 아니었다면 여기서 입 닥치고 조용히 있었을 것이다.

하지만 그는 아주 어려서부터 유학을 했고, 그 때문에 그 안에는 여느 일본인과는 다른 부분이 있다.

바로 지금처럼, 기회가 온다면 그걸 잡을 준비가 말이다.

"전부터 제가 건의하던 게 있습니다. 대부분 거절당했습니다만."

"말씀해 보세요."

노형진의 말에 카미야 신조는 침을 꿀꺽 삼켰다.

"투자하고 싶은 부분이 있습니다만 전 사장님이 반대하셨습니다."

"도대체 뭔데 그렇게 뜸을 들입니까? 나는 한국인입니다. 거절한다고 해서 따로 보복하거나 하지 않습니다."

일본은 상관에게 무리한 이야기를 한다는 것 자체가 처벌 대상인지라 대부분 입을 다문다.

그랬기에 그도 한 번 이야기하고 나서 더는 하지 않았다.

"애니메이션입니다."

"일본은 이미 애니메이션 강국이 아닙니까?"

"그게…… 사실은 제 아들이 애니메이터입니다."

"힘들겠네요."

애니메이터, 즉 애니메이션을 만드는 사람들.

그들은 현실적으로 상당한 박봉으로 일한다.

일본이 애니 강국이라는 인식은 그들의 희생 위에 생겼다.

"제 아들을 보면서, 그들을 동남아로 보내서 애니메이터 회사를 세우는 것에 대해 많이 생각해 봤습니다."

"애니메이터?"

"그렇습니다. 아들 말로는 일본 애니 쪽이 붕괴되고 있다고 하더군요."

"아…… 그렇지요."

기본적으로 애니메이션은 생각보다 노동집약적산업이다.

한 장 한 장 밑그림을 그리고, 거기에 컬러를 칠하고, 그 모든 그림들을 연결해서 하나의 장면을 만든다.

보통 1초의 영상을 만들기 위해 들어가는 그림은 스무 장에서 서른 장 내외.

"그래서 외주로 많이 돌아가고 있습니다."

"오호."

노형진은 호기심이 생긴 듯 몸을 그쪽으로 숙였다.

"그 수준이 너무…… 크흠…… 낮습니다."

'그건 그렇지.'

원래 일본의 주요 외주 장소는 한국이다.

웃긴 일이지만 한때 일본 애니의 3분의 2 이상을 한국이 만들었다.

그리고 그때가 일본 애니의 황금기였다.

한국인 특유의 근면성실과 완벽주의가 일본 애니의 완성도를 높였으니까.

"하지만 한국의 물가가 오르고 인건비가 상승하면서 요즘은 많이 줄었지요."

그 대신 선택된 곳이 바로 동남아다.

그런데 문제는 동남아의 수준이 너무 떨어진다는 것이다.

당장 한국은 애니메이션 관련 학과도 있고 또 학원도 많다.

하지만 동남아는 그런 곳이 적다. 당연히 거기서 일하는 사람들의 실력도 떨어진다.

'그러고 보니 요즘 소문으로는 작붕이 어마어마하다지?'

그나마 사람들이 알 만한 작품들은 한국이나 일본에서 외주를 맡지만 상대적으로 알려지지 않은 작품들의 외주는 아무래도 그런 곳에서 맡는 경우가 많다.

"그래서 말인데, 그곳에 전문 업체를 만드는 게 어떨까 하고……."

"흐음."

의외로 꽤 괜찮은 생각이었다.

애니에서 퀄리티는 꽤 중요한 부분이다. 그런데 그런 퀄리티를 유지하기 위해서는 제대로 된 교육이 필요하다.

'문제는, 일본은 투자에 관심이 없다는 거지.'

하청을 줄 때 단가에는 신경을 많이 쓰지만 퀄리티는 그리 대수롭지 않게 여긴다.

일을 하는 사람은 경영자일 뿐 애니메이터가 아니기에 그 차이를 잘 알지도 못한다.

"우리가 그곳에 투자하면서 키우자?"

"네…… 그렇습니다. 그리고 아까 말씀하시는 걸 보니까……."

침을 꿀꺽 삼키며 말하는 카미야 신조.

"마이스터 쪽에 선이 있으시다면 인도가 적절하다고 생각합니다."

"인도?"

그건 의외의 생각이었다.

노형진은 이어지는 카미야 신조의 말에 살짝 놀랐다.

"마이스터가 투자해서 인도에 전문 특수효과 회사를 키우고 있는 걸로 알고 있습니다."

정확하게는 노형진이지만, 어찌 되었건 그건 사실이다.

낮은 인건비, 그리고 어마어마한 실업률, 거기에다가 극단적 신분제까지.

그 덕분에 안정성과 돈을 함께 제공하는 인도의 그래픽 기업에 낮은 신분의 천재들이 많이 왔고, 그래서 지금은 전 세계에서 가장 큰 3D 기업 중 하나가 되었다.

"그곳에 이야기해서 2D로 장면을 전환할 수 있으면 어떨까 하고……."

"2D?"

"네."

"흠…… 그거 잠깐…… 다시 이야기해 봐요."

노형진의 말에 카미야 신조는 깊게 심호흡을 하며 생각을 정리했다.

이건 기회라는 느낌이 확 왔다.

"일반적으로 그림을 그릴 때 가장 많이 들어가는 컷 신이 바로 사람의 움직임입니다."

동선 하나하나를 따서 그대로 움직여야 하기 때문이다.

배경 같은 경우는 움직임이 적기 때문에 그나마 좀 쉽지만, 격한 움직임은 따라가는 게 쉽지 않다.

"제가 알기로는 사람의 움직임을 읽어서 그걸로 3D를 만드는 기술이 있다고 합니다. 그걸로 2D를 만든다면…… 인건비는 50% 이하로 줄이면서 퀄리티는 높일 수 있다고 생각합니다."

"호오?"

노형진도 생각하지 못한 부분이었다.

사실 그게 가능할지 불가능할지는 알 수 없다.

'하지만 가능성이 있어.'

물론 만화적 표현이 들어가는 격렬한 움직임은 따로 그려야겠지만 단순한 움직임 같은 경우는 가능할지도 모른다.

애초에 그러한 그래픽 기술은 3D 영화를 위해 만들어진 것이고 할리우드를 비롯한 대형 영화에 쓰다 보니 애니 쪽은 생각해 보지 못했지만 가능하다면 못 쓸 것도 없다.

"에…… 그러니까 그러면 제작 시간도 줄어들고 자금도 줄어들고…….”

이제는 오덕 취급을 하는 일본 애니라고 하지만 사실 그 총규모는 절대 작지 않다.

당장 애니로 유명한 건 일본이라곤 하지만 그건 어디까지나 상대적인 거지, 애니메이션을 만드는 것이 일본뿐인 것은 아니다.

‘도리어 이건 한국에 기회가 될 수도 있어.’

현재 일본은 많은 부분에서 애니메이션 산업도 퇴화하고 있다.

소위 말하는 오덕화가 진행되며 말이다.

그에 반해 한국은 스토리나 시나리오 측면에서 일본보다 많이 발전한 상황.

다만 애니메이션이라면 무조건 안 좋게 보는 성향 때문에 거의 돈이 안 들어와서 문제다.

‘하지만 그 비용을 낮추면…….’

실제로 기술은 엄청나게 발전하고 있다.

그런데 유독 애니메이션 제작 쪽의 기술은 발전 속도가 느리다. 일본이 주류인데 정작 일본은 투자하지 않으니까.

“역시…… 무리겠지요?”

기어들어 가는 목소리로 묻는 카미야 신조.

노형진은 그런 그에게 진지하게 말했다.

“그걸 같이할 시간이 있겠습니까?”

카미야 신조의 얼굴이 환해졌다.

무엇이든 팔아먹어야지

일본에서 새로운 아이템을 만들었을 때 가장 좋은 홍보 방법은 뭘까?

방송? 아니면 신문?

물론 그것이 기본적인 방법이기는 하다.

하지만 진짜 도움이 되는 건 다름 아닌 '여캐'다.

"이건 안 예쁜데. 다시 해 오세요."

노형진의 말에 카미야 신조는 진땀을 뻘뻘 흘렸다.

다른 투자 건이나 다른 문제라면 이해라도 한다.

그런데 홍보에 뜬금없이 여캐란다.

"하지만 이건, 이 캐릭터는 은행에서 심혈을 기울여서 만든 겁니다. 지금까지 잘 써 왔습니다만?"

"그게 통장이라고요? 이게 최선입니까? 진짜로 이게 최선이에요?"

이렇게 말하는데 카미야 신조도 뭐라고 할 수가 없었다.

"무조건 여캐! 그것도 '예쁜' 여캐로 하세요!"

"은행입니다. 그런데 여자 캐릭터요?"

"네! 아니다, 더 좋은 대안이 있네요. 우리 은행 상품 있지요? 그걸로 각각 여캐를 만듭시다."

"상품요?"

"네. 음…… 위험성이 높을수록 차갑고 도도하지만 전문성 있는 이미지로, 위험성이 낮을수록 좀 더 따뜻하고 상냥한 이미지로 해서 캐릭터를 만듭시다."

"대표님, 그렇지만 우리는 은행입니다."

"은행이죠. 그래서요? 은행은 여캐 쓰지 말라는 법 있습니까?"

"아니, 그건 아닌데요."

카미야 신조는 진땀을 흘리며 말했다.

확실히 일본은 어마어마하게 캐릭터들이 넘쳐 난다.

심지어 자위대 모집도 여자 캐릭터로 할 정도다.

하지만 은행에서도 먹힐까?

보통 은행에서 생각하는 이미지는 전문성 또는 저축이다.

그런데 그런 건 다 버리고 여자 캐릭터?

미심쩍은 표정이 되는 카미야 신조.

그 표정을 보고 노형진은 피식 웃었다.

"솔직히 지금 제가 무슨 돈 많은 오덕 같은 게 아닐까 하는 생각 했지요?"

"아닙니다. 그냥, 너무 낯설어서요, 그런 건."

"뭐든 처음이란 게 있습니다. 그러니 제 말대로 하세요. 그리고…… 음…….."

노형진은 빙긋 웃었다.

"쓸 만한 소설가 아는 사람 있습니까?"

"쓸 만한 소설가요?"

"네. 캐릭터로 상품을 만드는 게 좋을 것 같은데 일단은 소설, 아니 일본식 표현으로 하자면 라이트 노벨이라고 하는 게 맞겠네요."

카미야 신조는 더 이해가 가지 않는 표정이 되었다.

"소설요? 라이트 노벨요?"

"그렇습니다. 아드님이 그쪽 업계에 있다고 했지요? 그러니까 소개 좀 해 달라고 해 보세요."

일본에서 소설을 라이트 노벨이라고 부르는 건 아니다.

라이트 노벨은 말 그대로 가볍게 읽기 좋은 소설을 뜻한다.

심각하거나 진지하지 않고 분량도 얼마 안 된다.

특이한 점은 그 안에 삽화가 들어간다는 것이다.

"각 캐릭터를 통해 상품의 장단점을 홍보합시다."

"소설로요?"

"네. 무료 연재로 뿌립시다. 툭 까고 말해서 우리가 손님들 붙잡고 금리니 시세니 투자 가능성이니 미래니 해 봐야 손님들이 제대로 알아듣습니까?"

"⋯⋯."

카미야 신조는 말을 못 했다.

그도 창구 직원부터 시작해서 이 자리까지 왔다.

솔직히 대부분의 사람들은 직원이 하는 설명을 거의 알아듣지 못한다.

소개할 시간은 짧고, 조항은 많으며, 전문용어가 넘쳐 나고, 결정적으로 가능하면 어렵게 설명해야 나중에 문제가 생겨도 벗어나기 쉽기 때문이다.

"그러니까 우리는 이걸 소설화해서 무료로 뿌리고 나중에 만화화까지 해서 뿌릴 겁니다."

간단하지만 핵심적인 내용을 캐릭터가 설명해 주는 방식으로 말이다.

"동진은행이 그 캐릭터들의 근무처가 되겠지요."

"아⋯⋯ 음⋯⋯."

"그러니까 전문 상담사들에게 캐릭터들과 똑같은 복장을 입게 하세요."

카미야 신조는 할 말을 잃어버렸다.

노형진은 책이 나오자 흡족한 표정이 되었다.

그림도 예쁘고 캐릭터도 예쁘다.

일단 추천 캐릭터 세 개가 들어갔는데 그중 손해율이 높은 아이템은 차갑고 냉정한 이미지, 그리고 손해율이 낮은 상품은 따뜻한 누나 같은 이미지로 커스터마이징 되었다.

"마음에 드십니까?"

"충분히요. 만화도 제작 중이고 애니 제작사도 알아보는 중이니까 아마 제법 쓸 만할 겁니다."

"하지만…… 솔직히 잘 모르겠습니다. 제가 아들 때문에 이쪽은 그나마 좀 알고 있습니다만…….'

"저도 다 이유가 있어서 그러는 겁니다."

노형진이 오덕이라서 그런 걸 좋아하는 게 아니었다.

코스프레에 관해 관심이 많은 것도 아니었다.

그럼에도 불구하고 은행과 하등 관계없는 여자 캐릭터를 쓰라고 한 것에는 다 이유가 있었다.

"일본은 캐릭터 천국이지요."

일단 예쁜 캐릭터로 이미지를 잡으면 시선을 끌 수 있다.

단순히 이미지의 문제가 아니다.

'한국이나 일본이나, 문제는 같단 말이지.'

한국이나 일본이나 공통적인 문제가 있는데, 그건 바로 실질적 문맹률이 점점 높아진다는 것이다.

문맹이면 문맹이지 실질적 문맹이 뭔지 모르는 사람도 있을 것이다.

문맹은 말 그대로 글을 알지 못하는 사람을 뜻한다.

그런데 실질적 문맹은 글은 알고 있지만 그 의미를 이해하지 못하는 사람을 뜻한다.

가령 누군가 '차 좀 사 주세요.'라고 하면 정상적인 사람이라면 커피나 음료수 같은 걸 생각한다.

그런데 실질적 문맹은 그 차가 마시는 차가 아니라 움직이는 차라고 생각해서 당혹해한다.

어느 인터넷 게시판에 이런 글이 올라온 적이 있다.

말년에 종이 용 접기에 재미 들린 병장이 휴가를 갔다 오는 후임에게 용 접기를 사 오라고 만 원을 줬는데 나중에 아버지랑 같이 진짜 철판을 붙이는 용접기를 사 왔다는 우스갯소리다.

실제로 있었던 일인데, 용접기를 사 오면서도 이상하게 생각한 후임의 아버지가 병장을 찾아오면서, 후임이 병장의 말을 제대로 이해하지 못했다는 사실이 드러났다.

그 아버지 입장에서는 자식이 군대에서 부당한 학대를 당하고 있는 줄 알고 혹시 몰라서 병장을 찾아왔던 것.

다행히 사실이 드러나면서 환불 처리하는 걸로 끝났지만, 그 사건은 문맥을 이해하지 못하는 실질적 문맹률이 높아졌다는 걸 증명하는 유명한 사건 중 하나가 되었다.

한국도 일본도 간단하고 빠른 글이 유행하고 유튜브가 대중화되면서 그러한 문맥 이해율이 낮아지다 보니 당연히 상품에 대한 설명을 제대로 이해하지 못한다.

"하지만 이 책이라면 이야기가 달라지지요."

10여 분 사이에 어마어마한 양을 설명할 필요도 없다.

천천히 글을 읽으면서 쉽게 내용을 정리할 수 있고, 당연히 사람들이 그것에 대해 이해하기 쉽다.

"간단하게 생각해 보세요. 평균 20분 정도, 길어 봐야 30분 정도의 설명을 듣고 제대로 알지도 못하는 상품에 투자하고 싶겠습니까, 아니면 아무리 캐릭터라고 하지만 그래도 책 하나 정도의 분량으로 예시와 사건을 같이 설명한 안내서를 본 상품에 투자하고 싶겠습니까?"

"음…… 아…… 무슨 뜻인지 알겠습니다. 고객이 이것에 대해 본인이 잘 알고 있다는 생각을 하게 만드는 거군요."

"맞습니다."

사람은 자신이 모르는 손실을 피하려고 한다.

그게 본능이다.

그렇다면 돈은 어디에 맡길까?

"당연히 잘 아는 쪽에 맡기지요."

더군다나 한국의 은행에 보관하면서 국채나 일본 정부로부터 보호한다는 이미지를 만든 캐릭터들이다.

"그러면 만화나 애니메이션은?"

"더 많은 사람들이 더 많이 볼수록 우리 앱에 가입하는 사람들이 늘어나겠지요."

노형진이 생각 없이 이런 투자를 하는 게 아니었다.

원래 일본은 한국계 물건을 잘 안 쓴다.

실제로 한 핸드폰 회사가 일본에 판매를 포기할 정도로 물건이 안 나가기도 했다.

그러던 중 갑자기 매출이 확 뛰더니 순식간에 일본에서 동종 업계 1위까지 한 적이 있었다.

그런데 그 이유가 웃기다.

핸드폰이 뛰어나서?

아니다.

경쟁사에 비극적 사태가 터져서?

아니다.

그동안 성능과 디자인으로 홍보하던 그 회사가 모 캐릭터 기업과 콜라보를 하면서 그 캐릭터로 홍보한 것 때문에 갑자기 그렇게 매출이 뛴 것이다.

'훈련의 결과지.'

사람들이 봤을 때 성능 같은 건 사실 피장파장이다.

결국 특정 물품을 선택하게 하는 것은 친밀성이다.

그리고 그 친밀성을 주는 건 다름 아닌 캐릭터다.

"우리가 만든 캐릭터들이 친밀할수록 고객들이 우리 상품에 몰리는 거군요."

"맞습니다."

"그래서 상담하는 직원들에게 같은 복장을 하라고 하신 거고요."

"맞습니다."

코스프레에 익숙한 일본인들이라면 그 캐릭터를 쉽게 직원에게 투영할 것이다.

설사 아니라고 해도, 앱으로 가입할 수 있는 상품에 쉽게 가입하게 될 것이다.

"시간이 지나면 아마 결과가 나올 겁니다."

문화라는 것은 생각보다 강하다.

노형진이 일본에 맨 처음 공략을 시작할 때 한 이야기 중 하나가 바로 문화적 침략이었다.

물론 그 안에는 한국 문화를 이용해서 침략하겠다는 의미도 있었지만 한편으로는 일본 문화 중에서 쓸 만한 것은 다 써먹겠다는 것도 있었다.

그리고 노형진의 예상은 정확하게 맞아떨어졌다.

그것도 어마어마하게 말이다.

⚖️

"지점을 늘려야 합니다."

"지점을 섣불리 늘릴 수는 없어요."

"지금이 아니면 대체 언제 늘린단 말입니까?"

"나도 그렇게 생각합니다만, 도쿄 같은 곳은 가격이……."

"그래도 들어갈 수 있으면 들어가야지요."

회의 시간은 무척이나 시끄러웠다.

그럴 수밖에 없는 게, 노형진의 생각이 정확하게 맞아떨어지면서 어마어마한 수의 지점이 필요해졌기 때문이다.

"전산 시스템은 아직입니까?"

카미야 신조는 그 업무를 담당하는 사람에게 물었다.

그는 진땀을 흘리며 답했다.

"전산이라는 게 쉽게 완성되는 게 아니라서요. 일단 전산이라는 게 사람으로 치면 뉴런 같은 거라……."

"쉽게 말해 주세요."

"다른 은행들이 절대 거부하고 있습니다. 현재 구축 가능한 건 우리뿐입니다."

"허."

카미야 신조는 혀를 끌끌 찼다.

그리고 눈을 감고 한국에 갔을 때를 생각했다.

'아직 많은 것을 배워야 해.'

일본은 아직도 인터넷뱅킹이 제대로 되지 않는다.

앱이라는 것도 노형진이 만들라고 해서 동진은행에서 처음 시도하는 판국이다.

이것이 법이다

한국에 갔을 때 스물네 시간 금융 서비스에서부터 거의 초단위로 이루어지는 금융 시스템을 보고 얼마나 큰 충격을 받았던가?

그리고 그 모든 게 일본도 가능하다는 사실에 더더욱 충격먹었다.

일본도 작은 땅에 많은 사람들이 몰려 있는 형태라 거의 모든 라인이 한국만큼 깔려 있었던 것.

다만 위에서 새로운 걸 만들어 내려 하지 않는다는 게 문제였다.

"일단 지점에 대해서는, 언젠가는 들어가야 한다는 점을 확실하게 하겠습니다. 하지만 우리는 인터넷 기반의 기업인 만큼 다른 은행처럼 메인 로드 안에 들어갈 필요는 없습니다."

노형진이 일본에서 구상한 시스템은 인터넷 기반으로 활동하는 은행이었다.

그리고 그건 생각보다 엄청나게 효과가 좋았다.

"그리고 위에서 언급한 것처럼 기본적으로 모든 업무는 전산상으로 할 수 있어야 합니다."

캐릭터와 소설까지 동원한 홍보는 특히 젊은 사람들에게 잘 먹혔고, 지금까지와 다르게 동진은행은 무서울 정도로 성장하고 있었다.

"그런데 신조 이사님, 가장 큰 문제는 그게 아니라 위에서 보내는 불편한 시선입니다."

"불편한 시선……."

"우리 자산의 대략 40%가 한국으로 가고 있습니다. 30%는 미국으로 가고 있고요."

"어차피 남은 30%의 자산으로도 운영은 가능할 텐데요?"

"자산의 비율이 문제가 아닙니다. 진짜 문제가 되는 것은 그 자산을 건드릴 수 없게 된 상부의 입김입니다."

그 말에 모두의 얼굴이 찡그러졌다.

그게 무슨 소리인지 알기 때문이다.

"정부에서는 우리에게 국채를 구입할 것은 요구하고 있습니다."

"말이 됩니까? 대표님의 의중을 모릅니까? 그리고 그 결과가 어떻게 될지 모르는 사람 있습니까?"

여기에 있는 사람들은 아무리 작은 은행이라고 하지만 이 사급이다.

그 말은 최소한의 운영에 대한 지식이 있다는 것을 의미한다.

"이미 일본은 끝났어요."

비정한 말이지만 사실이다.

단기적으로는 호황일지 모르나 장기적으로 봤을 때 지금 일본의 호황은 마치 불이 꺼지기 직전처럼 강하게 일렁이는 중이었다.

"어느 나라나 마찬가지입니다. 경제가 주저앉기 전에는

원인을 알 수 없는 호황이 오기 마련입니다."

한국이 IMF 때 그랬고, 그리스가 그랬으며, 미국이 그랬다.

한국은 경기 호황이 미친 듯이 날뛰었고, 그리스는 수영장이 있는 집들이 우후죽순 늘어났으며, 미국은 온갖 파생 상품이 발생했다.

"우리도 딱 그 상황인 거, 부정은 못 할 겁니다."

그래서 노형진이 자금을 한국 아니면 미국의 제2의 은행에 예금한다고 했을 때 다들 한편으로는 안도했다.

최소한 국가에 뺏기는 상황은 오지 않을 거라 생각했던 것이다.

하지만 현실은 그렇지 않았다.

"우리가 급속도로 성장하는 게 문제입니다."

사람들에게 상황을 알리고 적극적으로 예금을 받아서 적립하기 시작하자 일본 정부에서 국채를 구입하라고 압박해 왔다.

말로는 애국이니 뭐니 하지만 결국 미래에 파산은 피할 수 없으니 그 충격을 국민들에게 떠넘기기 위해서였다.

"단순히 위에서 불만을 제기하는 정도가 아닙니다. 직접적인 공격도 불사할 정도라고 합니다."

"아니, 왜요? 우리가 커 봤자 얼마나 크다고?"

동진은행은 아직 작은 곳이다.

매출이 100만 원인 기업의 수익이 100% 늘어 봐야 결국 200만 원이다.

그에 반해 다른 은행들은 억 단위 매출을 만들어 낸다.

"제가 알아본 바로는, 다른 은행들도 국채 구입에 난색을 표하기 시작했답니다."

"국채의 구입에요?"

"네. 그래서 정부에서도 작은 은행들에 압력을 행사하기 시작했다는 겁니다."

"심각하군요."

거대 기업들은 그동안 일본의 국채에 어마어마한 돈을 꼬라박았다.

사실상 해외에서 거의 소비되지 않는 일본의 국채를 일본의 은행들이 소비해 왔다.

"그런데 그걸 거부한다는 건……."

"생각보다 그 규모가 어마어마하다는 겁니다."

그리고 대형 은행들조차도 일본 정부의 국채 반환 가능성에 대해 심각하게 의심하기 시작했다는 걸 의미한다.

그런 상황이라면 결국 일본 정부는 다른 곳을 찾아서 대체해야 한다.

"그 과정에서 걸린 게 우리군요."

급속도로 성장한 동진은행, 이곳에 불만을 가지기 시작한 것이다.

"일본의 부를 해외로 **빼돌리는** 건 범죄행위라고 하면서 우리보고 비국민이라고 하더군요."

"비국민이라……."

다른 사람도 아니고 국가가, 투자나 수익을 노려야 하는 기업에 대고 비국민이라…….

'그만큼 상황이 안 좋다는 건가?'

은행 업계에 있기 때문에 대형 은행과 일본 정부가 얼마나 끈끈하게 연결되어 있는지 카미야 신조는 잘 알고 있었다.

그런 그들조차 국채 구입을 꺼릴 정도의 상황이라…….

"이건…… 도무지 우리가 결정할 수가 없겠군요."

카미야 신조는 심각한 얼굴로 말했다.

"대표님께 말씀드려 봅시다."

⚖️

"예상대로입니다. 일본 정부에서 압력이 들어왔습니다."

"당연한 거 아닌가? 자국의 돈이 바깥으로 나가는 걸 **뻔히** 알면서도 모른 척하면 그건 국가가 아니지."

유민택은 노형진에게 보고받고는 고개를 끄덕거렸다.

"물론 이유도 없이 허가를 취소하거나 하지는 못하겠지만 세무조사나 다른 방법을 통해 막을 수는 있을 걸세."

당장 언론을 통해 동진은행이 세무조사를 받았다는 뉴스

만 나와도 입금된 돈이 우수수 빠져나갈 것이다.

"물론 한국에서 돈을 꺼내서 다시 돌려주는 거야 어렵지 않지만."

현 상황에서 동진은행이 망할 가능성은 높지 않다.

한국에 적지 않은 돈을 받으면서 예금해 놨고, 노형진이 회귀 전 기억과 사이코메트리를 이용해서 믿을 만한 기업들에만 투자 및 대출을 해 줬으니까.

"더군다나 일본의 상황이 좋지 않은 게 사실이니까."

"아시는 게 있나 보군요."

노형진이 아무리 노력한다고 해도 모든 것을 다 알 수는 없다.

특히나 경제적인 문제에 대해서는 몇몇 특수한 경우를 제외하고는 당연히 유민택이 빠를 수밖에 없다.

"일본에서 한국에 경제제재를 가할 속셈인 것 같네."

"네?"

노형진은 순간 얼빠진 표정이 되었다.

예상 못 해서?

아니다. 원래 이것도 몇 년 후에는 벌어질 일이었다.

그런데 갑자기 당겨진 것이다.

"그게 무슨 말입니까? 경제제재라니? 혼자서요?"

"그러겠지. 지금 우리나라에 경제제재를 가할 만한 이유를 가진 나라는 중국뿐이니까."

물론 중국은 이미 여러 가지 이유로 알게 모르게 경제제재를 가하고 있는 상황7이다.

다만 노형진이 예측한 상황이라서 생각보다 타격이 크지 않았다.

정확하게는 일본과 사이가 틀어지면서 대체재가 한국뿐인지라 타격이 그리 크지 않은 거지만.

"확실한 상황입니까?"

"확실한 상황이야. 우리 기업인들을 무시하지 말게나. 우리도 나름의 정보 라인이 있네."

"정보 라인이라고 하신다면?"

"일본의 주요 기업들이 수입 물량을 늘리고 있네. 그런데 이유가 없어. 딱 보니까 비축량을 늘리는 게 보인단 말이지."

"비축량이라……."

한국에서 일본에 필수품을 수입하듯이 일본 역시 한국에서 필수품을 수입하고 있다.

요즘 같은 시대에 모든 걸 자국 내에서 다 해결하는 나라는 없다.

더군다나 한국과 일본처럼 땅이 작은 나라들은 그게 기본적으로 불가능하다.

"한국에서 수입하는 필수품의 양이 늘어나고 있다는 말이군요."

"그래. 그래서 우리 쪽에서도 의심을 좀 했지."

그리고 그런 경우 대부분은 경제제재로 이어진다는 걸 알고 있다.

'경제제재라……. 하긴 일본이 그때 요구한 게 참 웃긴 사항이었지.'

원래 역사에서 일본은 몇 년 후에 경제제재를 시작한다.

그리고 그들이 그걸 풀어 주는 조건으로 요구한 건 최신 반도체 기술의 이전이었다.

정확하게 말하면 차세대 반도체 생산 라인의 설계도였다.

한때 일본은 반도체의 주요 생산국이었으나 기술에서 한국에 밀렸고, 그걸 기술을 빼앗는 것으로 되찾으려고 한 것이다.

물론 한국이 거기에 멍청하게 당하지는 않았고 말이다.

'그러고 보니…… 그때도 그랬구나.'

나중에 인터뷰에 따르면 한국의 대부분의 기업들은, 특히 대형 기업들은 일본이 뒤통수를 칠 걸 예상하고 주요 필수품에 대한 재고를 최대한 확보하고 이미 그걸 대체할 수 있는 다른 곳을 알아본 후였다고 했다.

그 때문에 일본에서는 기습적으로 경제제재를 가했다고 생각했을 테지만 사실은 한국의 대부분의 대기업들은 일이 터지고 채 한 달도 안 되어서 다른 곳에서 필요 재고를 확보할 수 있었기에 거의 타격을 입지 않았다.

'그때 어떻게 그렇게 빨리 알아챘나 했더니…….'

일본이라는 나라에 대해 다른 기업들도 계속 감시했으니 이상 징후를 확인할 수 있었을 테고, 그래서 재고를 최대한 준비했을 것이다.

"일단 우리도 그렇지만 다른 기업들은 일본의 경제제재에 대한 대비를 하고 있네. 언제 터질지 모르지만 말이지."

"그 정도로 사정이 안 좋아졌단 말이군요."

"자네가 한 일이 아닌가?"

"하지만 이 정도로 사정이 안 좋아졌을 줄은 몰랐죠. 제가 내부의 예산 상태까지 볼 수 있는 건 아니니까."

그래도 한 1년이나 2년 정도는 더 버틸 수 있을 거라고 생각했다.

그런데 당장 경제 전쟁을 선포할 정도라니.

"그래서 우리도 일본에 대한 대응책을 찾고 있네. 뭐 그래 봤자 수입 라인의 변경이지만."

"피해가 큰가요?"

유민택은 고개를 흔들었다.

"그건 아니야. 우리는 일본에서 그다지 수입하지 않으니까."

사실 대롱에 초정밀 기업은 없다.

가전제품을 만들기는 하지만 그곳에서 일본산 부품은 사용하지 않는다.

그것뿐만 아니라 방사능 사태 이후에 대부분의 라인을 변경해서 딱히 문제가 되는 것은 없다고 한다.

"어찌 되었건 그런 상황이라고 하니 자네가 거슬릴 수밖에 없지. 그쪽에서는 무슨 생각을 하는지 모르겠지만."

"뭐, 일단은 자국 내 자산의 유출을 막는 방법부터 찾으려고 하겠지요."

"그러겠지."

그래야 자신들의 국채에 문제가 터졌을 때 국민들의 자산으로 메꿀 수 있으니까.

"그 부분을 예상한 건 아닙니다만."

노형진은 어깨를 으쓱했다.

"하지만 방법이 없는 건 아닙니다."

"좋은 방법이 있나? 그러고 보니 그 부분이 문제가 되는 것 같은데?"

저쪽에서 동진은행에 압력을 가할 것은 예상하고 있었다.

경제제재는 예상하지 못했지만 말이다.

"이미 그걸 대비해서 사 둔 게 있습니다."

"사 둔 거라고 하면?"

"국채죠."

"국채?"

"그렇습니다. 정확하게 말하면 일본의 국채입니다."

국채, 즉 국가 채권이 없는 나라는 없다.

부족한 예산을 그러한 국채로 메꾸는 것도 있지만 환율 조정을 위해 국채를 발행하기도 한다.

빚이라는 게 마냥 없다고 좋은 건 민간의 기준에서지, 기업이나 국가 단위가 되면 마냥 좋은 게 아니다.

특히 국가는 환율의 조정을 위해서라도 국채를 발급해야 한다.

"대부분의 국채는 일본 은행이 산다고 하지 않았나?"

"대부분이지요. 하지만 그게 전부라는 건 아닙니다."

특히나 후쿠시마 발전소가 터진 당시에 일본은 다급하게 국채를 엄청 발행했다.

그걸 복구하기 위해서 말이다.

일반적으로 국채는 1년과 3년 그리고 5년이 주를 이룬다.

1년과 3년은 단기에 속하고 5년은 장기에 속한다.

단기는 이율이 낮다.

그에 반해 장기인 5년은 이율이 높다.

"그리고 그때 제가 일본의 국채를 엄청 샀습니다. 말 그대로 엄청나게 샀지요."

"설마……."

유민택은 노형진이 뭘 하려고 하는지 단박에 알아차렸다.

그도 기업을 운영하는 사람이다.

만일 국가가 기업이라면 가장 두려운 게 뭘까?

바로 부도다.

"후쿠시마 사건 당시에 구입한 국채는 이제 상환 기일이 되었습니다."

"진짜로 달라고 하려고 하는 건가?"

"그게 목적이었으니까요."

일반적으로 국채 같은 경우는 기한이 딱 된다고 해서 무조건 달라고 하지 않는다.

그런 경우는 흔하지 않다.

보통은 협상을 통해 다시 연장하거나, 분납해서 갚기도 한다.

당장 세계 최강국이라는 미국이 중국에 제대로 경제 전쟁을 하지 못하는 이유 중 하나가 중국이 가진 미국의 어마어마한 양의 국채 때문이라는 말도 있다.

그게 갑자기 상환이 닥치면 국가의 입장에서는 난리가 나기 때문이다.

"그리고 저는 그 국채를 연장할 생각이 전혀 없습니다."

그렇잖아도 심각한 재정 적자에 흔들리고 있는 일본이다.

만일 국채의 상황이 틀어지면?

일본에는 지옥이 닥쳐올 것이다.

⚖

"뭐라고?"

야베 총리는 뒷목이 지끈거렸다. 부하의 입에서 나온 소식이 예상치 못한 것이었기 때문이다.

"마이스터에서 국채의 상환을 요구했습니다. 총 3조 엔입니다."

"3조 엔이라니! 그게 말이나 되나! 그걸 어떻게 갚으라는 거야!"

일본의 1년 예산은 대략 100조 엔이다.

그에 비해 3조 엔이면 규모상 무척이나 작아 보이지만 후쿠시마에 들어가는 어마어마한 돈 때문에 일본 정부는 상당한 재정 적자에 시달리고 있었다.

"그거 반납하는 거 예산을 책정할 때 감안하지 않았어?"

당연히 일본 정부는 빚을 갚는 것을 감안하고 예산을 짜야 한다.

실제로 100조 엔이 넘는 예산 중에서 상당수가 빚을 갚는 데 우선적으로 들어가고 있었다.

부하가 야베의 눈치를 보며 조심스럽게 입을 열었다.

"그게, 사전 협의가 전혀 안 된 터라……."

원래 예산을 짤 때는 상환이 가능한가, 또는 연장이 가능한가 등을 그 대상과 이야기해 보고 그에 맞춰서 진행한다.

하지만 마이스터에서는 그 건에 대해 확답을 주지 않았고, 이들은 그게 연장이라고 생각해서 예산을 짤 때 전혀 감안하지 않았다.

"이 무슨 말도 안 되는 개 같은 상황이야."

3조 엔? 지금 당장 도쿄 올림픽 예산도 감당하기 힘들다.

힘든 정도가 아니라, 그 돈을 주고 나면 도쿄 올림픽은 길바닥에서 치러야 한다.

　지금부터 공사를 시작하고 준비하지 않으면 시기에 맞출 수가 없기 때문이다.

　"총리 각하, 그쪽에서는 연장하지 않겠다고 못을 박았습니다."

　"어떻게 해서든 대답을 얻어 냈어야지!"

　"하지만 사정이 너무 안 좋습니다, 총리 각하."

　노형진이 일본의 경제 상황이 안 좋은 걸 빤히 아는데 다른 나라들이 모를까?

　그럴 리가 없다. 당연히 다른 나라들이나 투자자들도 일본의 국채 연장을 거절하는 상황이었다.

　그렇다 보니 우선적으로 그들에게 갚는 수밖에 없었다.

　일반적으로 특별한 답변이 없는 경우 그건 연장의 의사로 받아들였기에 그들은 연장으로 받아들이고 예산을 확정했던 것.

　"각하, 마이스터에서는 아주 작심한 듯합니다. 만일 갚지 못한다고 하면 무조건 부도 처리해 버리겠답니다."

　"부도라니! 그건 절대 안 돼! 무슨 일이 있어도 연장해!"

　"그게……."

　부하는 침을 꿀꺽 삼켰다.

　지금까지 야베에게 직설한 사람들이 그다지 좋은 결과를 얻은 적은 없었다.

하지만 누군가는 해야 한다.

그래서 그는 이를 악물 수밖에 없었다.

자신이 이번에는 그 일을 해야 했기 때문이다.

'아니, 이건 직설이라고 할 수도 없잖아.'

그냥 결과에 대한 보고일 뿐이다.

다만 그게 야베의 마음에는 절대 안 든다는 게 문제다.

"아무래도 동진은행 쪽이 문제가 된 것 같습니다."

"동진은행?"

"그렇습니다."

"거긴 또 뭐야?"

부하는 속으로 쓴웃음을 삼켰다.

그는 분명 동진은행에 대해 보고했다.

그 성장 속도가 심상치 않고, 해외에 자본을 재투자하거나 저축하는 문제가 심각하니 눈여겨봐야 한다고 말이다.

하지만 야베는 그때 그 문제에 대해서는 아무런 말도 하지 않고 '그래, 돈 좀 번단 말이지? 그러면 국채 좀 사 줄 수 있겠네.'라고 말했다.

"동진은행은 얼마 전에 말씀드린 은행입니다. 그곳에서 일본 내에서 모은 돈을 한국이나 미국 등 제삼국에 보관하고 있습니다. 그로 인해 우리 국가의 부가 해외로 나간다고 말씀드렸습니다."

"아, 기억나. 그놈들 말이지? 그래서 내가 그쪽을 설득해서 국채를 사게 하라고 했잖아?"

"그게…… 문제가 있습니다. 그렇게 이야기했는데 그쪽에서 거절했습니다."

"뭐? 그런 놈들이 있어? 그놈들, 비국민 아니야?"

발끈하는 야베를 보면서 부하는 크게 심호흡을 했다.

"각하, 그 은행은 마이스터가 투자한 곳입니다."

"뭐?"

"아무래도 마이스터에서 그 부분에 대해 불만을 가진 것 같습니다. 분명 우리가 동진은행에 압력을 넣은 것에 불만을 품고 국채 연장을 거절하는 게 틀림없습니다."

아마도 마이스터는 작년 말 예산을 구성할 때까지만 해도 그냥 국채의 상환을 연장해 줄 생각이었을 것이다.

하지만 자신들이 투자한 은행에 대해 압력을 행사하면서 국채의 구입을 강제하자 눈이 뒤집힌 것이 분명했다.

당장 일본 국채의 가치나 세상에서의 믿음에 대해서는 이 바닥에 있는 사람들은 다 알고 있으니까.

"그래서, 보복이라고?"

"그래 보입니다. 심지어 마이스터에서는 상환 시기가 도래한 우리 일본의 국채 구입을 공표했습니다."

"이런 미친……."

야베는 아차 싶었다.

그 말은 자신들에게 제대로 엿을 먹이겠다는 걸 의미하기 때문이다.

"도대체 일을 어떻게 한 거야! 어! 그런 중요한 것도 빼먹다니!"

부하는 속에서 올라오는 '그때 보고했습니다.'라는 말을 애써 목구멍으로 삼켰다.

심지어 그때 그 뒤에 마이스터가 있으며 그들이 투자한 은행인데 압력을 행사해도 되겠느냐고 물었던 직원도 있었다.

물론 그는 한 달도 못 되어서 잘렸다.

아베가 명령했고, 그걸 거부하는 것은 현재 일본에서는 불가능하다.

지금 일본은 외부적으로는 민주주의국가이지만 내부적으로는 아베의 일당 독재국가였다.

'천황 폐하가 힘을 좀 썼더라면……'

물론 천황이 나름 힘을 가지기 시작했다지만 그건 어디까지나 종교적인 부분일 뿐, 정치적인 부분에 대해서는 여전히 한계가 있었다.

그리고 이건 정치의 부분이기에 아무리 천황이라고 해도 브레이크가 될 수가 없었다.

"각하, 이대로 두면 피해가 심각합니다."

설사 동진에서 국채를 사 준다 해도 3조 엔 수준은 절대 불가능하다.

동진은 이제 성장하기 시작한 작은 곳이니까.

"그러면 방법은……."

"마이스터와의 협상을 통해 국채를 연장하는 수밖에 없습니다."

야베는 눈을 질끈 감았다.

"국채 연장은 없습니다."

로버트의 말에 일본 통상부의 차관인 야시로 겐조는 거의 읍소하다시피 매달렸다.

"그렇게 급하게 돌려받지 않아도 되지 않습니까?"

"돌려받아야 합니다. 마이스터의 존재 의의는 주주의 이익입니다."

"그게 무슨 말입니까?"

"말 그대로입니다. 국채라는 건 안전 자산으로서의 투자처에 속합니다. 하지만 그건 국가가 안전할 때의 이야기입니다. 그러나 지금의 일본요? 우스갯소리로라도 안전하다고는 말 못 하겠습니다."

국가가 안전한 이유가 뭔가?

기업과 다르게 국민들의 세금이라는, 절대적 자금 확보가 가능한 대상이 있기에 안전 자산으로 분류된다.

"그런데 일본은 그게 아니지 않습니까? 국민들의 세금으로는 예산도 감당하지 못하는 게 현실 아닙니까?"

"아니, 그건 단기간의 문제일 뿐입니다."

"단기간요? 지금 후쿠시마가 단기간에 해결될 수 있다고 생각하십니까?"

"후쿠시마는 재건되었습니다."

"그러면 이렇게 하지요. 저희가 일본에 정식으로 조사대를 보내서 만일 안전하다고 판단되면 그걸 공표하고 국채의 연장을 결정짓겠습니다."

"……."

야시로 겐조는 입을 다물었다.

해외 석학들로 꾸려진 조사 팀이 들어와서 일본을 조사한다?

그러면 일본 영토의 3분의 1은 인간이 살 수 없다는 결과가 나올 게 뻔하다.

그걸 알면서도 받아들일 수는 없다.

"안 됩니다."

"그러면서 무슨 안전을 이야기합니까?"

"일본은 안전합니다."

"그 안전을 증명하라고요!"

하지만 증명될 리가 없다.

해외 석학의 연구를 결사적으로 반대하는 일본이 그걸 증명할 수 있는 방법이 있을 리가 없다.

"장기적으로 보면 일본의 방사능 문제는 일본에 심각한 타격을 입힐 겁니다."

"하지만 그 문제가 터졌을 때 마이스터는 어마어마한 채권을 사지 않았습니까?"

애초에 이 채권이 발행된 시기가 바로 그때였다.

즉, 사태가 벌어지고 난 후 샀다는 소리다.

"그때는 일본이 이 정도로 병신 짓을 할 줄은 몰랐지요."

로버트는 피식 웃으며 말했다. 그 모습에 야시로 겐조는 울컥했다.

"병신 짓요? 그건 너무한 말 아닙니까?"

"그럼 아닙니까? 제가 아는 것만 말해 볼까요?"

일본은 그 이후에 어마어마한 병신 짓을 했다.

단순히 정치적 문제가 아니라 부패의 문제였다.

그런 비상 상황이라면 아무리 부패한 세력이라고 해도 우선순위를 문제 해결에 두고 거기에 모든 능력을 투사해야 한다.

하지만 일본은 그러지 않았다.

그 대신에 그 문제 해결에 필요한 모든 것을 빼돌렸다.

"후쿠시마에 외국인 노동자를 투입한 게 일단 미친 짓이었고요."

그 때문에 전 세계의 가난한 나라에서 집단소송이 벌어졌다.

원래 기술을 배우러 간 사람들을 후쿠시마에 강제로 몰아넣었기 때문이다.

그리고 방사능오염된 농산물을 관광객과 국민에게 먹였으며, 심지어 철저하게 분리해서 관리해야 하는 방사능오염 물질을 전국의 소각장으로 보내 멀쩡한 곳까지 방사능오염 지역으로 만들어 버렸다.

가장 큰 문제는 바로 임금의 횡령.

하청의 하청의 하청이라는 구조를 통해, 국가에서 주는 후쿠시마 노동자의 임금은 천만 원이 넘는데 정작 현장에서 일하는 노동자는 400만 원도 못 받는다.

그마저도 가짜 명단까지 만들어 가면서 돈을 빼돌렸다.

"저희는 후쿠시마 복구 예산의 절반 이상이 횡령되었다고 보고 있습니다."

"그 정도는 아닙니다."

"하지만 지난 몇 년간 거기에 꼬라박은 돈을 생각하면 이렇게까지 복구가 안 된 게 더 이상한 거 아닌가요?"

"……."

사실 그 몇 년간 거기에 집어넣은 돈이면 발전소는 복구하지 못했어도 그 주변의 다른 도시들은 복구되었어야 한다.

하지만 그런 곳조차 여전히 복구를 못 하고 있었다.

"애초에 오염토 문제도 그렇습니다."

오염토를 쌓아 둘 곳이 없다는 이유로 사방에 쌓아 두고 있다.

논과 밭 그리고 농장, 심지어 학교와 유치원에까지.

학교에 지원금을 빌미로 그걸 쌓아 두지 않으면 예산을 끊는다고 협박하면서 말이다.

"그런데 정작 사람들이 살지 않는 오염 구역은 넘쳐 나죠."

그런 경우 가장 좋은 방법은 그 지역을 사서 오염토를 쌓아 두는 것이다.

어차피 사람이 살 수 없을 정도로 오염된 지역인 만큼 공간도 충분하고 딱히 다른 문제도 없다.

"그런데 그 돈이 다 어디 갔습니까?"

"……."

그 정도의 돈이면 그 지역을 사서 오염토를 쌓아 둘 수 있는데 정작 그 돈은 어디로 갔는지 구경도 못 한다.

"오염토뿐만 아니라 오염수도 마찬가지 아닙니까?"

자리가 없어서 바다에 방류해야 한다면서 몰래 바다에 방사능오염수를 버리는 일본이다.

그런데 그 옆에 빈 땅이 없느냐?

아니다. 넘쳐 난다.

다만 그걸 사서 공사하기 싫은 것뿐이다.

"결과적으로 투자한 돈이 모조리 어디로 새어 나갔는지도 모르는 판국에 우리가 뭘 믿고 채권을 연장합니까?"

"하지만 얼마 후면 올림픽도 있습니다."

"아직 몇 년 남았지요. 그리고 올림픽은, 제가 알기로는 흑자 올림픽은 없을 텐데요?"

야시로 겐조는 로버트의 말에 대꾸도 못 하고 그저 속으로 한숨만 푹푹 쉴 뿐이었다.

⚖️

야시로 겐조가 돌아간 후에 로버트는 노형진에게 전화했다.

그들은 어떻게 해서든 연장하려고 매달리고 있었지만 노형진은 무슨 일이 있어도 연장하지 말라고 했다.

"미스터 노, 그쪽에서는 우리의 요구 사항을 거절했습니다."

ㅡ예상했던 일 아닙니까? 그쪽에서 받아들일 수 없는 요구 사항이니까요.

석학을 이끌어서 일본의 안전에 대한 대대적 조사를 한다?

방사능 조사조차도 불법으로 만든 일본 정부에서는 절대 받아들일 수가 없는 조건이다.

ㅡ하지만 그 조건은 또 당연한 거거든요.

현재 일본의 신용 등급 하락의 가장 큰 이유는 바로 방사능 문제 때문이다.

그게 해결되어야 당연히 경제문제도 해결된다.

ㅡ그러니 어차피 연장은 안 됩니다. 연장할 생각도 없고요.

"하지만 그렇다고 해도 일본이 부도가 날 가능성은 높지 않습니다."

물론 3조 엔이 큰돈이기는 하다.

하지만 일본이 파멸할 정도는 아니다.

—압니다. 하지만 대신에 다른 사람들의 믿음이 떨어질 테지요.

그리고 신용 등급이 하락할 테고 말이다.

—일본은 결국 몰락의 단계로 들어가기 시작할 겁니다. 그러니 절대로 채권을 사면 안 됩니다. 아, 그리고 부탁할 게 있습니다.

"부탁요?"

—미다스의 이름으로 하나만 발표해 주십시오.

⚖️

미다스. 지금까지 실패가 없다는 역사적 투자자.

위험한 게임을 해도 언제나 승리했고 미국의 의료 시스템을 한 방에 털어먹은 사람.

그런 그의 행동은 모든 사람들의 관심을 끌었다.

그리고 그건 야베와 일본에 치명적인 타격으로 돌아왔다.

"더 이상 일본에 투자하지 않는다." 미다스

일본, 투자처로서 사실상 끝났다

일본 4년 안에 반도체 시장에서 완전히 철수할 것

미다스 일본의 국채 전액 상환 요청. 더 이상 일본 국채 구입 계
획 없어

황금의 손이 떠난 일본. 미래는?

갑자기 터져 나온 뉴스들. 그 뉴스는 오로지 일본에 부정
적인 이야기뿐이었다.

"이게 어떻게 된 거야? 아니, 갑자기 이런 기사가 왜 나가?"

"죄송합니다. 저희가 미처 알지 못해서……."

"안다고 해서 막을 수는 있었던 거야?"

야베는 머리를 부여잡으며 말했다.

공공의 비밀이라는 게 있다.

모두가 짐작만 하는 것과 그게 대놓고 인정받는 것은 그
충격의 정도가 전혀 다르다.

가령 한국의 클럽에서 마약이 유통되는 것에 대해 많은 사
람들이 그러리라 추측하고 있다.

하지만 그걸 단속하거나 클럽을 폐쇄하는 것은 전혀 다른
문제다.

일본이 딱 그 짝이었다.

일본의 경제적 몰락에 대해 많은 사람들이 생각하고 있다.

야베노믹스라 불리는 양적 완화를 통해 경제를 살리기는
했지만 그 이상으로 일본의 경제에 마이너스가 되는 것이 너
무 많았다.

"망할 놈! 이놈이 어떻게……."

야베는 이를 박박 갈았다.

더군다나 다른 사람도 아닌 미다스의 이름으로 발표가 되었다.

지금까지 미다스는 공식적으로 뭔가를 발표하거나 하는 것을 극도로 꺼렸다.

그런 그가 공식적인 발표를 했다는 것은 결과적으로 그만큼 일본에 대한 믿음이 없다는 걸 의미한다.

"당장 아니라고 발표하고 미 정부에 연락해."

"하지만 미 정부에서도 이번 일에 대해서는 할 말이 없을 겁니다."

"내가 언제 현 정부에 말하라고 했어? 우리가 심어 둔 정치인들 있잖아."

일본은 전 세계에서 가장 로비를 잘하고 많이 하는 나라로 정평이 나 있다.

누군가의 약점을 만들어서 쥐고 흔들려고 한다면 일본은 돈을 주고 그것 자체가 바로 약점이 되게 만든다.

당연히 미국 내에서도 적지 않은 사람들이 일본의 뇌물을 받았고 그들은 당연히 일본을 위해 뭐라도 할 사람들이었다.

"당장 그 사람들을 통해 마이스터에 압력을 넣으라고 해. 당장 이 발표 취소하고 우리 국채를 연장하라고!"

야베는 그게 가능할 거라 생각했다.

하지만 그건 결국 그의 희망 사항일 뿐이었다.

⚖️

"그러니까 일본에 대한 공식적인 공격을 하지 말라는 말씀이십니까?"

로버트를 찾아온 남자는 진지한 표정으로 말했다.

"일본은 우리의 맹방입니다. 아시다시피 일본은 대중국 방어 라인의 최전선이고 그곳이 무너지면 바로 태평양입니다."

"그건 군사적인 부분입니다만. 경제적 부분은 전혀 상관없지요."

"경제와 군사는 밀접합니다. 아시겠지만 경제가 살아야 군사도 사는 법입니다."

"그건 잘 알고 있습니다."

로버트는 남자의 말에 고개를 끄덕거렸다.

"그러면 일본이 왜 자국 무기에 집착하는지 아시겠네요."

"크흠……."

남자는 순간 말문이 막혔다.

그럴 수밖에 없다. 일본이 자국 무기에 집착하는 건 미래의 전쟁에 대비하기 위해서다.

일본은 2차대전 당시에 가공 장비의 대부분을 미국에 기대고 있었다.

그러다가 2차대전을 일으킨 후 수입이 끊어지면서 장비들의 성능이 심하게 떨어졌다.

그로 인해 일본은 제대로 된 장비를 만들지 못했고, 심지어 독일이 설계도를 건넨 무기들조차도 제작할 수가 없었다.

그 결과 일본은 패망했고, 그게 한이 맺혀서 모든 무기의 자국화에 매달리고 있다.

"물론 그게 나쁜 건 아니죠. 문제는 가성비죠."

그렇게 해서 결과가 좋았다면 문제가 될 게 없다.

그러나 그 결과가 안 좋은 게 문제다.

일본 무기들의 문제는 성능이 아니라 가성비다.

당장 일본에서 쓰는 무기인 89식 소총의 경우는 한 정당 300만 원이다.

그에 반해 한국의 K-2 소총은 1정당 30만 원.

즉, 일본 무기 가격은 한국 무기의 10배다.

대부분의 무기가 이 지경인데도 일본은 국산화만을 요구하고 있다.

"국산화에 집중하는 이유는 둘 중 하나죠. 수출 아니면 전쟁."

"……."

미국처럼 수출해서 돈을 벌려고 하는 게 목적이든가, 아니면 전쟁에 대비하든가.

한국 같은 경우는 전자다.

그래서 한국의 대부분의 무기 시스템은 가성비에서 상당

한 우위를 가진다.

하지만 일본 무기들은 수출은 꿈도 못 꾼다.

당장 일본군의 전차 한 대 살 돈이면 한국 전차 세 대를 살수 있는데 수출이 될 리가 없다.

"그러면 일본의 목적은 전쟁이라는 소리가 되지요. 그걸알면서도 최고의 맹방이라는 말씀을 하십니까?"

"그건 일본 자국 내의 일입니다. 중요한 건 현재 우리나라와 일본이 맹방이라는 겁니다."

"네, 그건 압니다. 하지만 그 때문에 우리가 망할 수는 없습니다. 경제적으로 일본은 현재 몰락해 가는 중입니다."

"그렇다고 해서 우리가 선을 끊는다면 우리는 의리가 없는나라 취급받을 겁니다."

"알겠습니다."

의외로 로버트는 순순하게 고개를 끄덕거렸다.

"말씀하신 대로 일본의 국채를 연장하도록 하지요."

"잘 생각하셨습니다."

그가 미소를 짓는 그 순간, 로버트는 그에게 한 방 먹였다.

"투자자분들에게 허락을 받고 말입니다."

"뭐요? 아니, 갑자기 그게 무슨 말입니까?"

로버트는 나지막하게 말했다.

"저희는 이미 일본의 국채 연장을 거부한다고 공식적으로발표했습니다. 그런데 이제 와서 연장하면 저희 입장에서는 문제가 생겼을 때 심각한 타격을 입게 됩니다. 기존의 투자자를 잃어버리는 정도가 아니라 징벌적 손해배상을 해야 할 수도 있습니다."

이미 공식적으로 연장하지 않겠다고 발표했다는 것.

그건 이미 이쪽이 일본의 문제에 대해 인식하고 있다는 걸 의미한다.

"그런 상황에 이유도 없이 다시 연장했다가 손실이 발생하면 그건 명백하게 이쪽의 귀책사유가 됩니다."

그리고 그게 로비나 기타 불법적 행동에 의해 발생한 경우 미국은 징벌적 배상이 가능하도록 되어 있다.

"그런 상황에서 저희가 지금 마음대로 연장할 수는 없지요. 투자자분들의 동의를 얻어야 합니다. 저희로서도 어쩔 수 없습니다. 저희가 망할 수는 없지 않습니까?"

만약 동의를 받으려 한다면 당연히 투자자들은 반대할 것이다.

이미 미다스가 일본은 끝났다고 하는데 누가 연장하겠는가?

"사정이 이러니 저희가 미국 정부의 압력 때문에 어쩔 수 없이 연장한다고 발표해야지요."

"어…… 그렇게까지야……."

"아닙니다. 그렇게 할 수밖에 없습니다."

정치인은 당황했다.

그렇잖아도 지금 차기 미국 대통령 선거 때문에 살벌하다

못해 분위기가 뒤숭숭하다. 그런데 거기에다 대고 일본을 위해 미국인이 손실을 봐야 한다고 했다고 발표한다면……

"아, 그러고 보니 어느 당 분이라고 하셨지요?"

로버트는 알면서도 다시 한번 물었다.

"아, 아닙니다. 저는 그냥…… 가겠습니다. 뭐, 일본은 알아서 하겠지요."

그는 자리에서 다급히 일어나 뒤도 돌아보지 않고 떠나 버렸다. 그걸 보며 로버트는 피식 웃었다.

"이럴 줄 알았지."

노형진은 그들이 올 거라 했고, 그들이 오면 이 이야기를 하면서 압박하라고 했다.

결국 온 지 채 30분도 되지 않아서 그들은 다급하게 사무실에서 나갈 수밖에 없었다.

"일본이 이번에는 진짜 못 벗어나겠는데?"

로버트는 혼자 중얼거리면서 일본의 증권가 차트를 확인했다.

모든 게 파란 것이, 아무래도 일본의 미래를 표현하는 것 같았다.

"이러면 안 되는데……."

야베는 당혹스러웠다.

미국에서 도와주지 못한다고 나올 줄은 몰랐기 때문이다.

자신들이 뿌린 뇌물이 얼마던가? 그런데 도와주지 못한다니?

"각하, 이 상황에서는 우리가 할 수 있는 게 없습니다."

"예산…… 긴급 예산을 어떻게 맞춰 봐요!"

"총리 각하, 무려 3조 엔입니다. 아니, 이제 5조 엔이 넘었습니다."

처음에는 연장해 준다고 했던 사람들까지 갑자기 연장을 거부했다.

미다스에게서 영향을 받은 게 분명했다.

"그리고 지금 당장이 문제가 아닙니다. 한번 연장이 거절되면…… 그때는 다음 연장도 거절된다는 겁니다."

일본은 매년 어마어마한 국채를 발행했다.

그나마 대부분은 일본 내 은행들이 사 줬지만 해외에 있는 사람들은 답이 없었다.

"각하, 방법이 없습니다……. 돌려 막기도 이제 한계입니다."

돌려 막기. 현재 일본의 상황이 딱 그랬다.

일본의 예산은 대략 100조 엔이다. 그리고 그중 3분의 1이 빚을 갚는 데 들어간다.

그런데 이게 악순환이다.

최우선적으로 자국 내 은행의 국채를 갚아 주는 데 신경 쓰고 다른 나라의 국채는 일단 뒤로 미룬다.

그리고 자국 내에서 갚아 주면 은행은 그 돈으로 새로운 국채를 구입해 준다.

그런 식으로 몇 년간 버텨 온 일본에 있어서 외부의 국채 연장 거절은 심각한 문제였다.

"방법은 하나뿐입니다, 각하."

야베는 고개를 푹 숙일 수밖에 없었다.

－일본은 도쿄 올림픽의 유치를 포기하겠습니다. 올림픽이 좀 더 나은 나라에서 치러지기를 바라는 바람으로…….

"이건 예상했나?"

"원하지는 않았지만요."

노형진과 유민택은 방송을 보고 있었다.

일본의 올림픽 포기 발표.

그 발표는 전 세계를 뒤흔든다.

일본은 현재 올림픽을 위해 어마어마한 투자를 한 상태였다. 그럼에도 불구하고 그걸 포기한다는 것은, 그만큼 심각한 상황이라는 걸 인정하는 꼴이었다.

"의외야, 저렇게 쉽게 포기하다니."

"쉽게는 아니죠. 사실상 다음 올림픽은 성공할 수가 없거 든요."

일단 보험회사가 암 문제로 발칵 뒤집어지는 바람에 일본 에 갔다 오면 암 보험이 지원되지 않는다는 소문이 난 상황 이다.

그러니 원해서 가는 사람은 없다.

더군다나 일본 내부에서 그동안 쉬쉬하며 관광객들에게 방사능오염 음식을 먹인 것도 널리 알려진 상황이었다.

"더군다나 후쿠시마 지역의 독립 소문도 있고요."

물론 소문이 아니라 노형진이 한 작전이었지만, 어찌 되었 건 그 이후에 일본은 막대한 돈을 주고 후쿠시마 지역을 다 시 사야만 했다.

그러지 않으면 중국군이 상륙할 수밖에 없는 상황이었으 니까.

"결과적으로 일본 입장에서는 돈이 없죠."

거기에다 관광객이 올 가능성도 낮다.

그러니 포기할 수밖에 없다.

"일본은 이번 올림픽을 이용해서 일본의 재건을 홍보하려 고 했을 겁니다. 하지만 그게 불가능할 테니까요."

만일 거기에 갔던 사람들이 단체로 방사능 피폭을 당해 버 리면 답이 없어질 테니까.

"그러니까 아예 미리 차단한다 이건가?"

"그렇습니다. 어차피 망할 거라면 조금 더 천천히 망하는 걸 선택하는 거죠."

만일 여기서 올림픽에 대비한 공사까지 시작하게 된다면 최악의 경우 공사 대금을 주지 못하는 상황이 올 수 있기 때문에 결국 일본은 공사를 포기하게 된 것이다.

물론 이 원인이 된 동진은행에 대해서도 압력이 멈췄다.

최악의 경우 마이스터가 국채를 구입해서 상환을 요구할 거라는 걸 예상하는 건 어렵지 않았으니까.

애초에 그걸 예상하도록 하기 위해 노형진은 실제로 국채를 구입해서 상환하도록 압박을 가했다.

많이 산 것은 아니지만 그것만으로도 동진은행에 대한 압력은 충분히 사라지고도 남았다.

"동진은행은 어떤가? 상당히 빨리 성장하고 있다고 하던데."

"무서울 정도로 성장 중입니다."

그렇잖아도 불안해하던 일본인들이다.

다만 달리 대응할 방법이 없어서 그저 꾹 참고 있었을 뿐이다.

현실적으로 상황이 나빠지면 돈이 있는 사람들은 해외로 나가지만 돈이 없는 사람들은 그저 버티는 수밖에 없다.

그런데 그런 비상사태를 대비해서 해외에 돈을 보관해 준다는 말에 다들 동진으로 몰려들었다.

"시간이 지날수록 더더욱 성장할 겁니다."

"그리고 일본은 자금이 더더욱 부족해지겠지."

노형진은 미소를 지으며 말했다.

"침몰하는 배에서 벗어나고 싶은 사람은 많을 겁니다, 하하하."

노형진은 자신 있게 말했다.

일본이라는 나라의 침몰은 지금부터 시작이었다.

악마의 영혼을 가진 자

"불이야!"

불에는 사람을 붙잡는 마력이 있다고들 한다.

물론 그건 방화범들의 이야기다.

일반인들에게 불은 두려움의 대상이다.

그 열기는 사람을 고통스럽게 만든다.

사람이 죽는 가장 고통스러운 방법 중 하나가 바로 불에 타 죽는 거라고 한다.

하지만 세상에는 그 고통을 즐기는 미친놈들도 있기 마련이다.

"당장 불 꺼!"

"소방차 불러!"

"소방차는 언제 오는 거야!"

사람들의 고함과 비명, 그 모든 게 가득한 곳.

사람들이 그렇게 소리를 지르는 데에는 이유가 있었다.

"사람 살려요!"

"살려 주세요!"

불타는 건물에서 비명을 지르는 사람들.

그들은 창문을 열고 비명을 지르고 있었다.

"불법 주차 때문에 못 들어온대."

"씨발, 뭐든 어떻게 해 봐!"

사람들은 발을 동동 굴렀다.

오래된 집에서 시작된 화재는 어느 틈엔가 빌라 전체를 잡아먹고 있었다.

아닌 밤중에 날벼락으로 벌어진 화재.

늦은 퇴근을 위해 움직이던 노형진은 불이 난 집 안에 사람이 있는 걸 보고 다급하게 주변 식당으로 향했다.

"비켜 봐요!"

"아니, 당신 뭐 하는 거야!"

다들 어쩔 줄 몰라 하면서 발만 동동 구르는 그때 노형진은 주변을 두리번거리더니 어딘가에서 기다란 쇠 파이프를 가지고 와서는 그대로 상가의 유리를 내리쳤다.

"도둑이야!"

"도둑 아니니까 좀 비켜 봐요! 내가 나중에 물어 줄게!"

자신을 잡으려고 하는 남자를 밀어내면서 안으로 들어간 노형진은 그곳에서 뭔가를 꺼내 왔다.

그걸 본 사람들의 눈이 커졌다.

"소화기?"

"두 개 있습니다. 사용할 줄 아는 분? 없어요?"

이 식당은 노형진의 단골 식당 중 하나였다.

셔터는 없고 벽은 유리로 된 식당이었는데, 노형진은 그곳에 소화기가 두 개 있는 걸 알고 있었다.

주인의 말에 의하면, 과거에 주방에서 불이 나서 가게뿐만 아니라 건물까지 홀라당 태워 먹을 뻔한 적이 있어 혹시 몰라 두 개를 비치했다고 했다.

하나가 작동되지 않으면 큰일이니까.

"내가 쓸 줄 알아요."

"빨리빨리!"

노형진은 소화기 하나를 그에게 건넨 다음, 함께 다급하게 빌라로 달려가서 불을 끄기 시작했다.

"살려 주세요!"

빵빵!

"씨발! 불법 주정차한 새끼 누구야!"

저 멀리서 소방차들이 미친 듯이 빵빵거리면서 온 동네를 깨우고 있었지만 불법 주정차를 한 차량들 때문에 들어오지 못하고 있었다.

"이런 개 같은!"

한국에서는 만일 소방차가 출동하다가 차량이나 물건을 부수면 그 배상을 소방관이 개인 돈으로 해야 한다.

그렇다 보니 소방관이 아무리 마음이 급해도 마음대로 움직일 수가 없다. 그랬다가는 버는 돈을 전부 배상금으로 내도 부족할 테니까.

"비켜요!"

결국 차량은 들어오지 못한 상황에서 몇몇 소방관들이 소화기를 들고 다급하게 달려왔다.

하지만 이미 소화기만으로 끌 수 있는 수준의 불이 아니었다.

"4층에 사람이 있어요!"

"사다리차 못 옵니까!"

"불법 주차가 되어 있어요!"

"전화번호는요?"

"전화번호도 없고요!"

"이런 미친 새끼."

이를 박박 간 노형진은 결국 명함을 꺼냈다.

"그거 내가 물어 줄 테니까 밀어요!"

"네?"

"내가 물어 줄 테니까 밀고 들어오라고요!"

"하지만……."

"내가 물어 줍니다. 여기 사람들 다 들었죠? 증인들 많으니까 밀고 들어와요!"

소방관은 고개를 돌려서 살려 달라고 비명을 지르는 일가족을 바라보았다.

"밀고 들어와! 책임자 있어! 뭐? 주인이냐고? 그래, 일단 밀고 들어와!"

잠시 후 소방차는 후진했다가 그대로 돌진해 불법 주차된 차를 밀고 안으로 들어왔다.

그리고 빌라 앞에 도착하기 무섭게 소방관들이 내려 불을 끄기 시작했다.

"사다리차!"

"사람부터 구해!"

소방관들은 다급하게 설치한 사다리차를 타고 올라가 불에 갇힌 일가족을 구했다.

그리고 그 순간, 벽이 붕괴되는 소리와 함께 불이 빌라를 쓸어버렸다.

"망할……."

그 광경을 보면서 노형진은 이를 악물었다.

총 여덟 가구가 연결된 오래된 빌라였다.

분명 다른 층에도 사람이 살았을 것이다.

그러나 나오는 사람은 맨 위층의 사람들뿐.

"망할……."

노형진은 불타오르는 건물을 보면서 욕을 할 수밖에 없었다.

"아니, 씨발. 내 차 어쩔 거야? 어? 내 차 어쩔 거냐고!"

박살 난 두 대의 차. 그중 한 대의 주인이 뒤늦게 나타났다.

확실히 늦었다.

이미 빌라는 전소되었고 희생자는 발생했으니까.

하지만 그 차량의 주인에게는 남의 목숨 따위는 중요하지 않은 일이었나 보다.

"너 이게 얼마짜리 차인 줄 알아? 어? 얼마짜리 차인지 아냐고! 소방관 주제에 남의 차를 박살을 내? 이 개 같은 새끼, 어디 한번 죽여 줄까! 어!"

소방관의 멱살을 잡고 소리를 지르는 남자.

소방관은 그런 그에게 어떻게 저항도 못 하고 쩔쩔매고 있었다.

그때 막 경찰에게 증인 진술을 하고 돌아서던 노형진이 그 모습을 보고 그쪽으로 다가갔다.

"무슨 일입니까?"

"아…… 그게, 이분이 자기 차를 물어내라면서……."

소방관도 사실 욱해서 밀라고는 했지만 노형진이 책임진다고 밀라고 한 것도 결국은 업무상 상당히 문제가 될 수밖에 없는 일이었기 때문에 조심스러울 수밖에 없었다.

"아, 당신이구만."

"당신?"

"그래, 당신이 불법 주정차로 길막 한 놈이지?"

"넌 뭐야, 이 새끼야?"

"나? 지나가던 변호사."

노형진은 그렇게 말하면서 차량을 바라보았다.

옆이 찌그러져 있는 차량에는 전화번호가 없었다.

"그래, 전화번호도 없고 말이지."

"내가 내 차에 전화번호를 놓든 말든 뭔 상관이야!"

"상관있지."

노형진은 피식 웃었다.

사실 우리나라는 이러한 상황에 너무 관대하다.

만일 그의 차가 없었다면 소방차는 충분히 더 빨리 들어왔
을 것이다.

그런데 그 차 때문에 20분 가까이 시간을 허비했고, 그사
이에 불은 어마어마한 속도로 번졌다.

"너 과실치사라고 알아?"

"뭐?"

"저거 보여?"

노형진은 손가락을 가리켰다.

도로 한쪽에 주차 라인이 그려져 있었다.

즉, 주민들을 위한 유료 주차장이라는 소리다.

그런데 반대쪽은 그 라인이 없다.

남자는 그 라인이 없는 곳에 주차했다.

"저건 즉 불법 주차라는 거지."

"그래서 뭐?"

"그래서 뭐는 무슨. 당신이 저기에 차를 대지 않았다면 소방차가 충분히 제시간에 들어올 수 있었다는 뜻이지."

하다못해 전화번호라도 남겼다면 이 지경은 안 되었을 것이다.

하지만 그는 불법 주차를 하고도 차를 빼 달라는 전화를 받기 귀찮았던 게 분명하다.

그래서 전화번호를 안 남겼고, 그러니 그렇게 빵빵거리고 소리를 질러도 몰랐을 수밖에 없었다.

다른 사람들이 고통스럽게 불에 타 죽어 가는 그때, 그는 자신의 집에서 아주 늘어지게 자고 있었다는 뜻이다.

"불이 났는데 네가 길을 막은 거잖아. 그걸 과실이라고 하거든? 그런데 그 불을 못 꺼서 사람이 죽었어."

"그…… 그래서……?"

법이라는 말이 나오기 무섭게 움츠러드는 남자.

"그걸 보통 과실치사라고 한단다. 이…… 아니지, 아니야. 욕하면 안 되지. 하여간 2년 이하의 금고형이 나오는 처벌이야."

"뭔 말도 안 되는 개소리야! 소방관 새끼가 내 차를 부쉈는데!"

"그건 긴급피난에 해당하고."

"뭐?"

"개소리하지 말라고."

노형진은 눈을 부라렸다.

지금까지는 이럴 때마다 소방관이 다 차값을 물어 줘야 했다.

하지만 이제는 가만둘 생각이 없었다.

"이건 긴급피난이야. 배상 책임이 없지."

"누구 마음대로!"

"자세한 건 네 변호사한테 물어봐."

"뭐?"

노형진은 더는 대꾸하지 않았다.

대신에 옆에 있던 경찰을 손짓해서 불렀다.

"이 사람, 과실치사로 체포하세요."

"과실치사요?"

"네. 이 사람의 차가 길을 막는 바람에 소방차가 제시간에 진입하지 못했고, 그래서 제때 불을 끄지 못해 사망자가 발생했습니다. 그러니 과실치사가 맞아요."

"으음⋯⋯."

경찰은 고민하는 눈치였다.

지금까지 그런 고발은 없었으니까.

"그게 말이나 돼? 어? 내가 사람을 죽였다고?"

"그래, 죽였지. 확실하게 죽였지."

노형진의 말에 경찰은 일단 그에게 다가왔다.

"동행해 주셔야겠습니다."

"씨발, 뭔 같잖은 소리야! 너 내가 누군지 알아? 어? 내 말 한마디면 네 목 날리는 건 일도 아니야!"

"귓구멍이 막혔나? 나는 변호사라니까, 공무원이 아니라."

안 봐도 뻔하다.

이런 일이 벌어질 때마다 도리어 차를 부순 소방관에게 책임을 물으면서 상황에서 벗어나는 게 이런 놈들의 특기니까.

"그리고 끝장나는 건 내가 아니라 너지."

"뭐?"

"아까도 말했잖아, 과실치사라고. 잘못이 있으면 배상을 해야 하는 법이지."

노형진은 그렇게 말하면서 고개를 돌려 온통 시커멓게 타 버린 집을 바라보았다.

"여덟 가구 전소. 그리고 사망자가 스물두 명에 부상자가 여섯 명이야. 그걸 전부 다 네가 물어 줘야 해."

그제야 그의 얼굴이 하얗게 질리기 시작했다.

"너희 집에 빠빠이 잘하고 가라. 너 금고에서 나왔을 때쯤이면 개털도 안 남았을 테니까."

"아…… 안 돼!"

"안 되면 되게 하라는 말이 있지."

"헛소리하지 마! 야! 야, 이 새끼야!"

고래고래 소리를 지르며 경찰에게 끌려가는 남자.

노형진은 그런 그를 바라보다가 한숨을 쉬었다.

"이런 일 자주 있지요?"

"네, 그게……."

"지금부터 이런 일이 터지면 무조건 밀어 버리시고 저희 새론에 일 맡기세요. 여기 명함입니다."

"하지만 수리비가……."

"아까도 말씀드렸지만 이건 긴급피난에 해당됩니다."

긴급피난이란 단순히 현장을 벗어나는 걸 의미하지 않는다.

정당방위가 상대방의 공격에서 자신을 보호하는 행동이라면, 긴급피난은 비상사태에 그리고 확실한 피해가 발생할 수밖에 없는 상황에 발생한 손해에 관한 규정이다.

가령 누군가 납치당하는 걸 발견하고 그 차를 들이밀어서 도주를 막는 건 엄밀하게 말하면 재물손괴와 고의적 교통사고 유발이 되지만, 긴급피난 규정에 따라 처벌이나 배상 책임이 발생하지 않는다.

누군가 납치당한다는 것은 최악의 경우 살인까지 예측할 수 있기 때문이다.

"지금까지 소방관들에게 이런 걸 전혀 지원해 주지 않았지요?"

"……그랬지요."

"이제부터 무시하세요. 진짜 다급한 상황에는 그냥 밀고 지나간 다음 새론에 맡기시면 됩니다."

이러한 긴급피난 규정이 소방관에게 해당되지 않는 건 차량이 파손된 사람들이 민원을 넣기 때문이다.

민원을 넣어도 그 소방관은 상관없지만 상부가 승진에 피해를 입는다.

또한 소방서의 예산으로 배상하게 만들면 그것도 자기 승진에 방해되니까 절대 소방서의 예산으로 하려고 하지 않는다.

그러니 상부에서는 무조건 소방관을 족쳐서 배상하게 만드는 것이다.

"그래도 됩니까?"

"네, 그래도 됩니다. 아무래도 정식으로 각 소방서에 공문을……. 아니다, 사람을 파견해야겠네요."

공문으로 보내 봐야 중간에서 커트할 게 뻔한 일이다.

그러니 차라리 사람을 보내서 확실하게 설명하는 게 낫다.

"그리고 아까 제 대처법과 마찬가지로, 이런 식으로 차를 대 놓고 잠수 타는 놈들은 과실치상이나 과실치사가 해당되니까 무조건 고발을 넣으세요."

"감사합니다."

"감사는요, 무슨……. 소방관님들이야말로 존경받아야 하는 분들인데…… 하아."

사망자를 생각하면 노형진은 한숨만 나왔다.

"무슨 일이 있으면 바로 연락 주세요."

노형진은 씁쓸한 표정으로 말을 마무리 지었다.

"어떻게 해서든 해결해 드릴 테니까요."

⚖️

며칠 후 노형진에게 진짜로 연락이 왔다.

─안녕하십니까? 저기, 저는 며칠 전에 뵈었던 한강용 소방관입니다.

"안녕하세요. 어떻게, 그쪽에서 연락이 왔습니까?"

그쪽이라는 것은 그 현장에 끝까지 나타나지 않은 차량의 주인을 뜻했다.

전화번호가 없으니 전화도 할 수 없고 차주도 알 수 없으니 기다리는 수밖에 없었던 것.

─안 나왔습니다. 다만 현장에서 체포된 사람이 저희들에게 민원을 넣었는데 상부에서 자꾸 합의하라고 해서요.

"아, 원하시면 기자 한 명 보내 드릴 테니까 신상 까고 인터뷰 한번 하시라고 전하세요."

─네?

"제가 코리아 타임라인 사주거든요. 아주 그냥 기깔나게 기사 뽑아 줄 테니까, 인생 한번 걸고 기자회견 한번 하시라고 하세요."

─아…… 알겠습니다.

상부자들이 일선 소방관에게 합의를 압박하는 이유는 승진 때문이다.

민원이 쌓이면 승진이 힘드니까.

하지만 뉴스에 나가면 승진이 문제가 아니라 자리가 위태로워진다.

"그들은 직원을 보호할 책임이 있는 자들입니다. 그런데 자기 승진 때문에 직원에게 합의를 강요하면 인생 종 치는 게 뭔지 느끼게 해 주겠다고 전해 주세요."

노형진은 차갑게 말했다.

소방관은 존중하고 존경하지만, 위에서 서류 작업이나 하면서 자기 승진만 신경 쓰는 놈은 절대 존경의 대상이 아니었다.

ㅡ그렇게까지 해 주신다면야…….

해 달라는 건 기자를 보내 달라는 거다.

'하긴 당연한 건가?'

그래도 엄밀하게 말하면 부하 직원이다.

부하 직원이 그렇게 대놓고 말하면 찍힐 게 뻔하다.

하지만 기자가 한 명 찾아가면 다음부터는 절대 입을 나불거리지 못할 것이다.

"제가 바로 처리해 드리겠습니다."

노형진은 기꺼이 그리할 생각이었다.

그 결과 혹 한강용을 압박한 상관이 잘리기라도 한다? 신경 안 쓴다.

어차피 그런 놈은 소방관의 직무에 어울리지도 않는 놈이니까.

ㅡ그런데 말입니다, 이건 아셔야 할 것 같아서요.

"뭘요?"

ㅡ제가 소방관 생활만 15년인데 말입니다, 그 화재에 대해 조사해 보니까 방화랍니다.

"방화요?"

ㅡ네. 입구에서부터 창문까지 기름을 뿌려 놨답니다.

"기름요? 그러면 이거 심각해지는데요?"

방화라면 범인은 미친놈이다.

늦은 밤에 사람이 사는 건물에 방화를 저지르면 대피는 힘들다.

더군다나 낡은 건물이기에 스프링클러 같은 건 당연히 없고, 대부분의 사람들은 소화기 같은 건 잘 비치해 두지 않는다.

불이 난 시간은 새벽 3시. 모든 사람이 깊이 잠든 시간이다.

그러니 당연히 화재를 발견하는 것도 늦어질 수밖에 없고, 알아차렸을 때쯤에는 이미 불은 걷잡을 수 없이 커졌으리라.

"그건 진짜 미친놈인데요?"

이런 경우, 현주 건조물 등 방화 치사상죄가 성립한다.

쉽게 말해서 불을 질러서 사람이 죽거나 다치게 한 범죄로, 사형까지 선고할 수 있다.

아니, 사망자가 스물두 명이 발생한 시점에서부터 일단 무조건 사형이라고 봐야 한다.

－그래서 걱정돼서 하는 말입니다만…… 경찰에서 수사 중이라고는 하는데 새론에는 좀 특별한 변호사분들이 계시니까.

"뭔가 있는 겁니까?"

－그 차량 말입니다, 경찰에서 차적 조회를 해 봤는데 대포차 같답니다. 지역은 경북 부울로 등록되어 있는데 해당 주소지에 갔더니 거기에 사는 사람도 아니라고 하고요.

"대포차라고요?"

－네. 그래서 불안해서요.

소방차의 진입을 막았던 해당 차량, 그건 수입 차였다.

수입 차라면 가격이 있기 때문에 소방관도 진입 시에 아무래도 꺼릴 수밖에 없다.

그걸 수리하려면 돈이 엄청 깨질 테니까.

"설마……?"

노형진은 직감적으로 한 가지 가능성이 생각났다.

물론 그게 사실이라면 이건 진짜 미친놈이다.

－맞습니다. 범인이 그걸 가져다 둔 게 아닐까 하는 생각이 들어서요.

그는 15년 경력의 소방관이라고 스스로를 소개했다.

그 말은 경험이 많다는 거고, 종종 일어나는 방화 사건에 대해서도 알고 있다는 소리다.

"확실히…… 이상하기는 하네요."

―네, 일단은 경찰에다가 이야기는 했는데, 경찰은 그냥 단순 우연으로 보고 있습니다. 워낙 허름한 동네라 버려지는 차들이 많아서요.

하지만 그건 어디까지나 싸구려이거나 연식이 오래된 차량들 기준이다.

그런데 대포차가 갑자기 튀어나온다?

―그래서 요즘 소방서 분위기가 싸늘합니다.

"무슨 소리인지 알겠네요."

강간범과 더불어서 재범 가능성이 제일 높은 게 바로 방화범이다.

그런 범인들에게 불은 일종의 마력이 있는 것처럼 느껴지기 때문이다.

즉, 방화를 멈추고 싶다고 해서 멈춰지지가 않는다는 거다.

"알겠습니다. 제가 아는 검사에게 물어보도록 하지요."

―감사합니다. 그리고 기자는 좀…….

"이틀 안에 갈 테니 걱정하지 마십시오."

노형진은 그렇게 말하고 전화를 끊었다.

스물두 명이 죽은 방화 사건.

노형진은 목덜미가 서늘해지는 것을 느꼈다.

"그 사건은 저도 알지요."

사건을 담당하는 사람은 의외로 노형진도 아는 사람이었다.

윤영지. 검찰 측에서 밀기 시작한 스타 검사.

하긴 스물두 명이나 죽은 사건이다 보니 이슈가 되어 스타 검사를 밀어주기에 좋긴 했을 것이다.

"오광훈 검사님이랑 노형진 변호사님이 관심을 가지시는 걸 보니 뭔가 있어 보이는데……."

오광훈은 헛기침을 했다.

사실 오광훈에게 윤영지는 영 불편했으니까.

뭐, 사사건건 라이벌 정신을 불태우고 있는 상대방이 편하면 그게 이상한 것이기는 하다.

"그냥 조사할 게 있어서 그럽니다. 관련 자료가 나온 게 있나요?"

"결론적으로 말씀드리면, 없어요."

"어이, 윤 검사님. 방화범은 실적 가지고 다툴 만한 문제가 아닌 거 알죠? 사망자가 스물두 명이에요. 가능하면 협조합시다."

윤영지가 고개를 끄덕거렸다.

"알아요. 소방관분의 직감이 대단하시네요. 저희 쪽도 현주 건조물 방화죄 확신하고 있으니까요."

현주 건조물이란 현재 사람이 주거하거나 들어가 있는 건물이라는 의미다.

즉, 현주 건조물 방화죄란 사람이 살거나 혹은 있는 건물이라는 걸 알면서도 불을 지른 범죄를 의미한다.

"해당 차량에 대해서도 이미 조사가 끝났어요. 과도하게 깨끗하더군요. 그 당시에 소방차에 부서진 부분만 빼고요."

윤영지는 진지한 표정으로 말했다.

"소방관의 말대로 우리는 그 차량을 범인이 가져다 뒀다고 생각하고 있어요. 이미 주민들에게도 사정 청취를 했어요. 모두 처음 보는 차량이라고 하더군요."

하긴 가난한 동네다. 그런 곳에 그런 수입 차를 끌고 다니는 사람이 살고 있을 가능성은 크지 않다.

당장 사망자가 많은 이유 중 하나가 바로 집집마다 살고 있는 사람들이 많았기 때문이다.

작은 빌라에 일가족이 사는 경우가 많다 보니 자연스럽게 사망자가 늘어난 것이다.

그나마 위층에 있는 사람들은 대피했음에도 불구하고 그렇다.

"이건 방화 살인범이 맞아요."

윤영지는 심각한 표정으로 말했다.

"다른 조사 결과는 없습니까?"

노형진은 진지하게 물었다.

아무리 봐도 이건 그냥 넘어갈 상황은 아니었으니까.

아무리 스타 검사용으로 선발된 여자라지만 기본적으로 검사다. 즉, 최소한의 능력은 가지고 있다는 소리다.

당연히 수사에 관한 최소한의 교육은 받았을 것이다.

"이미 동선을 확인하기 시작했어요. 그런데 동선이 확인되지 않고 있어요."

"동선이 확인되지 않고 있다고요?"

"이걸 보세요. 이쪽으로 넘어와서."

자신의 자리로 노형진과 오광훈을 부른 윤영지는 뭔가를 두 사람에게 보여 줬다.

"해당 마을의 CCTV군요. 생각보다 일찍 넘겼네요."

"워낙 중요한 사건이다 보니까 경찰에 주요 증거 중에서 넘길 수 있는 건 넘기라고 했어요."

화질이 그다지 좋지 못한 영상 속에서는 한 사람이 움직이는 게 보였다.

제법 커다란 카트를 끌고 골목을 지나가는 영상이었다.

"애석하게도 화재 현장에는 CCTV가 없어요. 하지만 카트에 있는 게 뭔지는 알아보시겠지요?"

"기름통이군요."

"맞아요. 이 남자가 범인으로 보여요."

호리호리한 체형의 남자는 카트를 끌고 골목으로 들어가

고 있었다.

그는 주변을 확인하지도 않고 고개를 푹 숙인 채로 걸어가고 있었는데, 그의 얼굴에는 커다란 마스크까지 씌워져 있었다.

"발화 예상 시간은 새벽 3시경. 이 카메라에 찍힌 시간이 오후 2시 43분이니까 대충 시간은 맞아요. 가장 가까운 영상이니까요."

윤영지의 말에 노형진은 그 남자를 뚫어지게 바라보았다.

그리고 이내 뭐가 문제인지 깨달았다.

"이놈, CCTV에 대해 아는군."

"네, 맞아요. 알고 있어요. 고의적으로 시선을 돌려 가면서 카메라들을 피하고 있어요. 사전 답사를 했다는 거죠."

오광훈의 눈이 찡그러졌다.

그도 많은 경험을 했다. 그렇기에 그게 뭘 의미하는지 바로 알아들었다.

"뭐야? 그러면 이 새끼가 지금 다 계획한 거라는 소리야?"

"맞아. 패턴으로 보아하니 최대한 피해를 많이 입힐 수 있는 방법을 연구해서 준비한 것이 분명해."

빌라는 입구에 보안이 없다.

거기에다가 많은 사람들이 살고 있다.

"거기에다 현장에는 CCTV가 없고, 유일한 입구는 차량으로 막아서 소방차가 들어오지 못하게 했어. 이놈은 작심하고 일을 벌인 거야."

노형진은 심각한 표정으로 말했다.

지금까지 방화 사건이 없었던 것은 아니다.

하지만 원한이나 목적이 있는 놈들이 대부분이었다.

"이런 놈은 진짜 위험해요. 우리 쪽 프로파일러는 불에 매료된 상태라고 하더군요."

"그럴 겁니다. 그리고 그런 놈들은 계속 범죄를 저지르지요."

노형진은 진지하게 말했다.

이번만큼은 사이가 좋고 나쁘고를 떠나서 범인을 잡는 게 중요했다. 이렇게 준비하는 놈이라면 분명 다른 사건도 일으킬 테니까.

그건 윤영지 역시 동의하는 모양이었다.

"프로파일러의 분석에 따르면 20대에서 30대 사이의 젊은 남성이고 상당히 신경질적인 부분이 있을 거라고 했어요. 직장은 없을 테고, 주변과의 관계를 맺는 것을 힘들어할 거라고 하더군요."

"그럴 겁니다. 방화범들은 극단적 성향이 있거든요."

"방화광으로, 불에 대한 집착이 강할 거라고 생각하고 있어요. 다만 지능 자체는 높을 거라 생각해요. 미리 준비하고 동선을 확인한 점을 보면 확실히 그럴 거예요."

사실 방화범에는 여러 종류가 있다.

그중 위험한 게 바로 방화광, 즉 불에 매료된 자들이다.

그런 놈들은 끊임없이 불을 지른다.

"그러면 주변에 대한 조사는 해 보셨습니까?"

이 정도의 화재를 저질렀다면 여러 가지 특징이 나올 수밖에 없다.

당장 이번 사건에서 보면 그는 휘발유를 이용해서 불을 질렀다.

당연히 기름을 산 기록이 있을 것이다.

그리고 방화광 타입의 방화범들은 보통 주변에서 자신이 저지른 불을 바라보는 것을 좋아한다.

그들은 자신이 저지른 불을 자신의 작품쯤으로 인식하기 때문이다.

"이미 주변 주유소는 다 털어 봤어요. 하지만 별도의 기름을 구매한 남성은 없어요. 의심스럽거나 한 부분도 없었고요."

"주변에 대한 감시는 어때요? 주변에서 구경했을 텐데?"

"그 부분이 문제예요. 그날 밤 촬영분 자체가 많지 않아요."

주변에서 감시하는 사람들을 확인하기 위해 그나마 있는 촬영분도 최대한 수거했다.

미국은 실제로 큰 화재가 나면 경찰의 업무 중 하나가 바로 주변 촬영이다.

그 사람들 중에 방화범이 있을 가능성이 크기 때문이다.

하지만 한국은 아직 그런 게 교육되어 있지 않다.

"그나마 분류된 사람들에 대해 조사하기는 했는데 애석하게도 의심스럽거나 한 사람은 없어요."

다 주민들이었고 또 체형 자체가 달랐다.

범인으로 의심되는 사람은 호리호리한 체형인 데 반해 그 주변 사람들은 대부분 상당한 덩치의, 소위 말하는 아저씨 체형이었다.

"그나마 의심스러운 사람이 있기는 했지만……."

"그랬는데요?"

"알리바이가 확인되었어요."

"확실한 알리바이인가요?"

"네, 확실해요. 그 시간에 가족들과 같이 자고 있었으니까."

노형진은 고민에 빠졌다.

상황 자체가 쉽지 않다.

하지만 그렇다고 쉽게 포기할 수도 없는 노릇이다.

"범인이 가지고 온 기름을 조사하는 건 안 될 테고……. 타고 온 차량 같은 건 없습니까?"

저 많은 양의 기름을 처음부터 저렇게 핸드 카트에 가지고 오지는 않았을 것이다.

저 기름을 어디서 가지고 왔든 분명 차량 같은 것에서 나왔을 것이다.

그러니 동선이 나왔다면 그걸 역추적해서 차량을 발견했어야 한다.

"애석하게도 아직요. 차량들을 확인해 봤지만 현장을 이탈한 차량은 없어요."

늦은 밤, 불을 지르고 그곳을 이탈했다면 흔적이 남아야 한다.

그런데 그런 차량은 없었다고 한다.

"현장에도 없었고……. 그러면 그 불을 관측 가능한 곳은요?"

"그런 곳도 없고요."

"미친……."

결과적으로 이번 사건에서는 범인을 특정할 수 있는 게 아무것도 없다는 소리다.

그때 영상을 유심히 살피던 오광훈이 물었다.

"범인이 남자인 건 맞아?"

"맞아. 남자와 여자는 걷는 법이 조금 다르거든."

노형진은 영상을 다시 한번 재생해서 보여 줬다.

오광훈은 다시 봐도 모르겠는지 고개를 갸우뚱했다.

"뭐가 다르다는 거야?"

"남자는 좀 더 팔자걸음이라고 해야 하나? 그런 게 있어."

화면 속 남자의 걸음걸이는 약간 팔자걸음이었다.

그리고 얼굴을 완전히 가리고 있었다.

"그리고 방화범의 비율은 보통 남자가 더 많아."

"더 많다고?"

"그래. 불은 공격성의 표현이라고 보면 될 거야."

그렇다 보니 방화범은 여자보다는 남자가 더 많은 것이 사실이다.

"기름으로 추적하는 건 안 되는 거야?"

노형진은 고개를 흔들었다.

"현대에 기름이 얼마나 많이 쓰이는지 아냐?"

현실적으로 주유소에서 기름을 사서 불을 지르는 방화범은 지능이 낮은 타입의 방화범들뿐이다.

주변에서 방화가 터졌을 때 대놓고 '나는 방화범입니다.'라고 홍보하는 꼴이니까.

요즘 같은 시대에 기름통을 사다가 주유소에서 기름을 받아 오는 놈들은 진짜 지능이 낮은 범죄자들 말고는 없다.

"기름은 차량에서도 뺄 수 있으니까."

"차량? 아, 그렇겠네."

기본적으로 차량은 움직이는 기름통이라고 할 수 있다.

자신의 차에 기름을 채우고 와서 으슥한 곳에서 기름을 빼내면 추적하는 것은 불가능하다.

"더군다나 주유소가 한두 곳이 아니니까."

그러니 딱히 여러 곳을 돌아다니면서 기름을 넣으면, 딱히 자주 가는 것도 아닌 만큼 주유소에서도 의심스럽게 생각하지 않는다.

"방화범에 대해 잘 아시네요?"

"알아야 변론을 하지요."

실화와 방화의 차이는 실로 어마어마하니 방화범의 특징에 대해 조사하는 수밖에 없다.

"맞아요. 우리 프로파일러가 의심하고 있는 것도 그거예요. 기름을 구입해서 어디선가 빼냈을 거라고요. 결제를 카드가 아닌 현금으로 했다면 현실적으로 그의 기름 구입을 추적하는 건 불가능해요."

곰곰이 생각하던 오광훈이 뭔가 생각난 듯 양손을 맞부딪쳤다.

"혹시 말이야, 기름을 집에서 구한 거 아닐까? 보일러 같은 거 말이야. 기름보일러도 있으니까."

"기름보일러에는 휘발유 안 쓴다."

기름보일러는 휘발유가 아니라 등유 또는 벙커시유를 쓴다.

가정용 기름보일러에서는 등유를 쓰고, 대단위의 난방을 위한 중앙난방식에서는 벙커시유를 쓰는 게 일반적이다.

결국 휘발유를 꺼내는 가장 좋은 방법은 자기 차라는 거다.

"그런데 현실적으로 그걸 추적하는 건 불가능하지."

하루에 전국에서 팔리는 기름의 양이 얼마나 될까?

그리고 주행하는 거리는 어떻게 할 것인가?

그 모든 것을 감안하면 현실적으로 기름으로 추적하는 것은 불가능하다.

그나마 남은 건 차량인데…….

"애석하게도 특이 사항은 없어요."

갑자기 현장에서 나가는 차들은 없었다.

"그게 의미하는 건 하나뿐이군요."

천천히 기름을 가져다가 모아 놨든가, 아니면 차를 카메라가 없는 곳에 두고 기름통을 옮겨 왔다는 것.

"동선까지 분석하는 걸 보니 어지간히 머리 좋은 놈인 것 같고……."

윤영지도 당혹스러운 사건인지 입술을 지그시 깨물고 있었다.

이번 사건은 그녀에게 맡겨진 첫 번째 핵심 사건이다.

지난번에는 오광훈의 것을 빼앗으려고 했으나 결국 오광훈이 먼저 범인을 잡음으로써 의미가 없어졌지만 이건 자신의 사건.

'반대로 말하면 여기서 범인을 놓치면 욕이란 욕은 다 먹는다는 소리지.'

스타 검사?

그것도 어디까지나 일 잘하고 사람들이 찬양할 만한 일을 했을 때에나 들을 수 있는 소리다.

그게 불가능하다면 그냥 무능한 검사일 뿐이다.

그것도 전면에 나서서 욕만 먹는.

"일단 이놈이 다른 범죄를 저지를 가능성이 높으니까 그 부분에 대해 감안해야겠지만……."

그때였다.

갑자기 문이 확 열리더니 직원 한 명이 들어오다가 멈칫했다. 윤영지 옆에 노형진과 오광훈이 있는 것을 본 것이다.

윤영지도 직원의 생각을 알아챘는지 그를 차분히 쳐다보며 물었다.

"무슨 일이지요, 서 주사님?"

"아…… 그…….."

"혹시 화재 관련 사건인가요?"

"네, 그 화재 관련 사건이 하나 생겼습니다."

"그렇다면 말씀하셔도 됩니다."

아무래도 윤영지는 노형진의 도움을 받기로 마음을 굳힌 것 같았다. 그리고 서 주사라고 불린 남자가 입을 열었을 때, 다들 귀를 의심할 수밖에 없었다.

"화재가 발생했습니다만……."

"화재요?"

"네, 어젯밤에 화재가 발생했습니다."

물론 화재야 자주 일어난다.

어지간한 사건은 이쪽으로 넘어올 일이 없다.

하지만 이쪽으로 넘어왔다는 것은…….

"설마!"

윤영지는 벌떡 일어났다.

이 상황에서 생각나는 사건은 단 하나뿐이니까.

"고시원에서 화재가 발생했습니다. 사망자가 열 명이 넘습니다."

두 번째 사건이 벌어졌다.

⚖

"젠장."

새희망고시원. 하지만 이름과 달리 그 고시원에 희망 따위
는 없었다.

시커멓게 타 버린 건물. 허름하고 오래된 시설.

이 모든 게 절망을 표현하고 있었다.

"최종 사망자는 열두 명입니다. 화상 환자는 좀 있지만 다
행히 심하지 않아서 추가 사망자는 더 이상 나오지 않을 것
같습니다."

보고하는 경찰은 참혹함에 치를 떨었다.

"이 미친놈이 제대로 작정했습니다."

4층짜리 건물에 3층과 4층이 고시원이었다.

엘리베이터가 없는 허름한 고시원에는 진짜 고시생들이
사는 게 아니라 가난한 청년들이나 장년들이 살고 있었다.

"특히 이번에는 장년들 사망자가 많습니다."

근처에서 대형 건물이 올라가는 공사가 있었기에 그 공사
장에 와 있던 인부들이 제법 많았던 것이다.

공사 현장이라는 것은 계속 이동할 수밖에 없다.

당연하게도 그때마다 집을 구할 수는 없기 때문에 보통 전문 인부들은 뭉쳐 다니면서 같이 숙소를 구하거나 고시원이나 모텔에서 숙식을 해결한다.

"이 미친 새끼가 복도와 계단에 불을 붙였습니다."

대부분의 고시원 방에는 창문이 없다.

설사 있다고 해도 고시원의 창문은 사람이 탈출하기에는 무척이나 작다. 그러니 유일한 탈출구는 오로지 계단뿐이다.

그런데 범인은 1층부터 4층까지 계단에 기름을 붓고 불을 붙여 버린 것이다.

"그리고 차량의 진입이 막혔습니다."

"설마?"

"대포차, 그리고 절묘한 위치에 불법 주차, 마지막으로 전화번호가 없는 것까지, 지난번과 완벽하게 똑같았습니다."

모두들 이를 빠드득 갈았다. 분명 같은 놈이 맞았다.

"하지만 차를 부수고 가라고 제가 분명 말했는데……."

노형진은 당혹스럽다는 듯 말했다.

분명 노형진이 그랬다, 소송을 맡아 줄 테니 밀고 들어가라고.

"밀고 들어갔습니다. 다만 상황이…… 안 좋았습니다."

건물 내부에서 발생한 화재다 보니 발견이 늦었다.

더군다나 고시원에 사는 사람들 대부분이 가난하고 힘없는 이들이다.

그들은 하루 종일 힘든 일을 하고 돌아와서 잠자리에 들었고, 고된 육체는 그들을 순식간에 꿈나라로 보냈다.

"그 상황에서 불이 난 겁니다. 대부분이 깨어나기도 전에 가스로 인해 질식사했습니다."

그나마 다행인 것은 잠들었던 사람 중 한 명이 중간에 일어난 것이다.

그는 불이 난 걸 알고 다급하게 사람들을 깨웠고, 비치되어 있던 소화기로 불을 끄면서 사람들을 탈출할 수 있게 했다.

"그러지 않았다면 사망자가 예순 명이 넘을 뻔했습니다."

"예순 명요?"

"말씀드렸다시피 여기서 20분 거리에 초대형 쇼핑몰 공사가 진행 중입니다. 그 공사장 출장 인부들 대부분이 여기서 숙식을 해결하고 있었습니다."

"아……."

노형진은 시커멓게 타 버린 건물을 바라보았다.

저 사이즈의 건물이라면 방이 못해도 한 층에 서른 개는 들어갔을 테니 진짜 운이 좋았다고 봐야 했다.

"운이 좋았네요."

"네. 선천적으로 열이 많은 체질이라서 열에 예민한 사람이라고 하더군요."

그는 방이 입구 가까운 곳에 있었다.

선천적으로 열이 많은 그는 창문이 달린 방을 구해서 문을 열고 자는 버릇이 있었기에 계단과 가까웠음에도 죽지 않았던 것이다.

그렇게 자다가 너무 더워서 깬 덕분에 많은 사람들을 구할 수 있었던 것.

"관련 CCTV나 내부 카메라 영상은 없나요?"

"현재 주변 CCTV는 확인 중입니다. 현장의 내부 CCTV는 건졌습니다만 보이는 채널이 하나뿐이라……."

일단 그거라도 확인하자는 생각에 노형진은 그 영상을 달라고 했다.

잠시 후 노트북에서 해당 CCTV의 영상이 재생되었다.

대부분의 내부 카메라들은 복도나 주방 등에 설치되어 있었고, 계단에는 출입자를 체크하기 위한 카메라 하나뿐이었다.

"저놈이네. 맞네. 그때랑 똑같아."

오광훈은 마스크를 쓰고 있는 놈을 보며 확신했다.

호리호리한 체격의 사람은 커다란 기름통 두 개를 가지고 건물 꼭대기로 올라갔고, 기름을 뿌리면서 천천히 계단을 내려왔다.

"확실히 남자가 맞기는 한 것 같네요."

좀 끙끙거리기는 하지만 말통 또는 자바라라고 하는 20리터짜리 물통 두 개를 가지고 올라가고 있다.

여자라면 어지간히 운동하지 않는 이상에는 그 정도의 근력을 가지기가 어렵다.

"아주 작정한 것 같군."

그걸 4층부터 1층까지 다 부으면서 내려온 그가 카메라 너머로 사라지고 나자 잠시 후 불길이 올라오기 시작했다.

즉, 기름을 붓고 나서 1층에서 불을 붙이는 형태로 불을 지른 것이다.

"아무래도 탈출을 막기 위한 것 같은데."

이런 상황이라면 진짜 탈출은 불가능하다.

그나마 다행인 것은 소방법상 고시원은 각 방 하나당 무조건 소화기를 하나씩 두도록 되어 있다는 것이다.

비록 그게 1.5킬로그램짜리 소형 소화기라고 하지만 방은 수십 개가 넘었고, 그렇게 모아 온 소화기 때문에 불을 끌 수가 있었던 것.

"만일 중간에 일어나지 않았다면 아마 건물 전체가 불에 휩싸였을 겁니다."

4층짜리 건물이 불에 휩싸였다면 재산 피해도 어마어마했을 것이다.

"아직 조사 중이기는 하지만 주변에도 휘발유를 뿌린 흔적이 발견되었습니다."

"안쪽부터 불을 붙이고 외부에 퍼져 나가기를 기다린 거군요."

그래서 건물의 내부는 멀쩡할지 모르지만 외부는 시커먼색으로 다 타 버렸다.

"이거 완전히 미친놈일세."

오광훈은 영상을 몇 번이나 확인하면서 질렸다는 표정이 되었다.

그도 사람을 해치는 조폭이던 시절이 있었지만, 그렇다고 해도 이렇게 사람을 죽이겠다고 작정하고 덤빈 적은 없었다.

"이건 단순 방화광이라고 볼 수 없어. 살인을 목적으로 하는 방화광이야. 이거 미치겠네."

이놈은 절묘하게 사람들이 많고 대응이 느린 곳을 찾아서 방화를 저지르고 있다.

그리고 불이 퍼지는 걸 구경하면서 사람들이 불타 죽는 걸 즐긴다.

"만일 정상적인 상황이었다면 사람들은……."

안에서 탈출도 못 한 채로 그냥 살려 달라는 비명만 지르다가 모조리 불에 타 죽었을 것이다.

그나마 다행인 건 이놈이 소방법에 관해서는 몰랐다는 거다.

만일 내부에 소화기가 있다는 걸 알았다면 또 다른 방법을 썼을지도 몰랐다.

"분명 사회에 불만이 많은 놈일 거야, 그렇지? 그 뭐냐, 대구에서 있었던 사건. 그놈이 그랬잖아."

대구 지하철 참사 사건.

세상이 마음에 안 든다는 이유로 지하철에서 불을 저지른 미친놈 때문에 백아흔두 명이 사망한 사건이었다.

그 당시 한국의 지하철은 화재에 대비한다는 개념이 없어서 내부 자재가 모두 불에 타는, 그것도 불에 타면 가스가 발생하는 재질로 되어 있었는데, 그 당시에 지하철을 운전하던 운전수가 문을 잠그고 도주하는 병신 짓을 하는 바람에 사람들이 탈출도 하지 못하고 사망했던 끔찍한 사건이었다.

그 당시에 범인은 자신이 정신병이 있다는 둥 하는 식으로 온갖 변명을 하다가 결국 감옥에서 지병으로 사망했다.

웃긴 건 검사 결과 그놈에게는 우울증은 있을지언정 정신병은 없었다는 거다.

"그런 놈은 아닐 거야. 그자는 즉흥적으로 범죄를 저지른 거였어."

그래서 다른 범죄를 일으키기 전에 잡을 수 있었다.

하지만 이놈은 아니다.

계획적으로 움직이고 있고 목적이 뚜렷하다.

그의 목적은 단순히 화재가 아니라 그로 인해 사람이 사망하는 것을 보는 것.

"그러니 그런 멍청한 놈과는 비교할 수가 없지."

미친놈? 차라리 그냥 말 그대로 미친놈이라면 피해자가 이렇게 많지는 않을 것이다.

하지만 이놈은 멀쩡하기에, 어떻게 해서든 피해자를 늘리기 위해 머리를 쓸 것이다.

"최대한 이놈에 대해 조사해 봅시다. 뭐든 찾아내야 합니다."

노형진은 마음이 다급해졌다.

이것이 법이다

"프로파일은 변동되지 않았습니다. 주변에서 차량을 조회해 봤지만 특정되거나 한 차량은 없었고요."

컴퓨터 프로그램까지 돌려 가면서 움직였던 차량을 추적했지만 그곳에서 첫 번째 장소와 동일한 차량은 발견되지 않았다.

"기본적으로 범인은 세상과 사회에 대해 불만이 많을 겁니다. 그걸 불이라는 매개체를 통해 풀려고 하는 성향이 있습니다."

프로파일러들은 경찰들을 불러 두고 이번 사건에 대해 진지하게 이야기하고 있었다.

두 번의 사건으로 서른 명이 넘는 피해자가 발생했다.

언론에서는 하루 종일 이 문제를 떠들었고, 그건 경찰과 검찰에게 실질적인 압력으로 다가오고 있었다.

"아무리 범인이 머리를 쓴다지만 아주 먼 거리에서까지 휘발유를 확보하지는 않을 겁니다. 그러니 주변 주유소에서 기름을 자주 넣는 사람이 있는지 확인해 주십시오."

"혹시 여성일 가능성은 없습니까?"

"없습니다. 일단 영상에서 보여 준 근력은 일반적으로 여성이 가질 만한 힘은 아닙니다. 더군다나 불은 남자들이 선호하는 방식입니다. 마지막으로 기름을 말통으로 구입한 기록이 없다고 하니 결국 차량에서 빼냈다고 의심할 수밖에 없는데, 대부분의 여성들은 차량에 들어갈 기름을 빼낼 수 있는 방법에 대해 잘 알지 못합니다."

차량에 들어간 기름을 빼내기 위해서는 두 가지 방법이 있다.

첫 번째는 어릴 때 배운 것처럼 기압 차를 이용해 입으로 쭈욱 빨아당겨서 기름이 흘러나오게 하는 것.

두 번째는 펌프 등을 이용해서 빼내는 것.

그런데 전자는 여자들이 선호하는 방법이 아니다.

일단 기름 자체를 입에 물어야 하는데, 여자들은 깔끔한 방법을 선호한다.

두 번째는 펌프 등을 이용하는 건데, 대부분의 여자들은 속칭 자바라 펌프라고 불리는 기름펌프의 존재 자체도 모른다.

"결국 범인은 남성일 가능성이 아주 높으며, 그는 평소에도 사회에 불만을 가지고 있을 겁니다."

"하지만 20대에서 30대에, 무직에, 사회생활을 못하는 남자라니, 너무 폭넓어요."

경찰들도 짜증이 나는 듯했다.

"아니, 그 나이대에 사회생활도 못하고 직장도 없는 백수 새끼라면 당연히 세상에 불만을 가지겠지."

"아마도 범인은 불을 쓰는 직업을 가진 적이 있을 테지만 오래되진 않았을 겁니다."

"그게 말이 됩니까? 불에 매료되어 있다면서?"

"작은 불은 아닙니다. 그놈이 원하는 건 큰불과 그로 인해 발생하는 사망입니다. 그리고 불에 매료되어 있다고 해서 불을 선호하는 건 아닙니다. 도리어 그런 경우는 위험도 때문에 위험한 작업에서 배제됩니다."

불을 쓰는 직업은 많다.

그런데 거기서 일은 안 하고 불만 멍하니 바라보고 있으면 당연히 사람들은 미친놈 취급을 하며 그런 놈이 계속 일하게 두지 않는다.

"이 사건은 최대한 빨리 해결해야 합니다. 의심스러운 곳은 순찰을 늘리시고, 특히 불법 주정차나 전화번호가 없는 차량들이 주차되어 있으면 무조건 신고하라고 하세요."

범인은 대포차를 이용해서 진입을 막고 있다.

그러니 그걸 확인한다면 동선을 예측할 수 있을지도 모른다.

요즘은 대부분의 차량에 전화번호가 적혀 있으니까.

"그 대포차에 대한 추적은 어떻습니까?"

누군가 손을 들고 물었다.

"대포차라고 해 봐야 뻔한 거 아닌가요?"

옛날에는 대포차라고 하면 망한 회사들에서 무단으로 들고 오는 등의 일이 많았다.

하지만 지금 대포차가 가장 많이 나오는 곳은 다름 아닌 강월랜드다.

도박장 주변의 전당포에서 나오는 대포차들이 대부분이다.

"그건 힘들걸. 나도 그쪽을 조사해 봤지만 전당포 업주들이 미치지 않고서야 자기가 대포차를 내놨다고 인정하겠는가? 불법인데?"

"하지만 사람 목숨이 달려 있는데요."

"애초에 그런 걸 신경 쓸 놈들이면 대포차 내놓지도 않아."

선배 경찰의 말에 후배 경찰은 시무룩하게 고개를 숙였다.

"자, 자! 범인을 추적해 봅시다."

사람들은 다급하게 바깥으로 나갔다.

일부는 다시 주변 동선을 확인하기 시작했고, 주변 CCTV 영상에 매달리는 사람도 있었다.

"어떻게 생각해?"

오광훈은 진지한 표정으로 노형진에게 물었다.

노형진은 어두운 얼굴로 고개를 저었다.

"아마 쉽지 않을 거야."

두 번의 범죄.

그런데 두 번째 범죄에서 입은 옷은 첫 번째와 완전히 달랐다. 혹시나 해서 확인해 보니 신발도 달랐다.

"그건 경찰이 추적할 걸 알고 있다는 거지."

현재 범인은 얼굴을 꼭꼭 감추고 있다.

그러면 경찰들이 추적하는 방식은 분명 옷과 신발이 된다.

그런데 두 번뿐이지만 옷이 바뀌었다.

물론 우연일 수도 있다.

"하지만 그게 진짜로 우연일까?"

진짜로 우연이라고 치기에는 공교롭다.

만일 그가 추적을 막기 위해 옷을 갈아입고 새로운 신발을 신고 움직인다면 추적은 절대 쉬운 일이 아니게 된다.

"윤 검사, 나 좀 잠깐 봅시다."

노형진은 프로파일을 보고 나오던 윤영지를 불렀다.

그리고 윤영지와 오광훈을 데리고 조용한 공간으로 향했다.

"우리는 경찰과 방향을 바꿔서 추적해 봅시다. 어차피 지금 경찰도 총력전인 상황이라 그쪽으로는 사람이 부족하지 않으니까."

"뭐 좋은 생각이라도 있나요?"

"범죄의 성장론. 알죠?"

윤영지는 고개를 끄덕거렸다.

처음부터 큰 범죄는 없다는 성장론.

정확하게 표현하자면 욱해서 벌이는 대형 범죄가 아니라 계획범죄의 경우는 작은 사건부터 시작한다는 거다.

사이코패스 살인마는 개나 고양이부터 죽이고, 절도범은 작은 것부터 훔치기 시작한다.

바늘 도둑이 소 도둑 된다는 우리네 옛 속담이 범죄론에서는 과학적으로 맞는 말인 것이다.

"이놈은 계획범죄를 저지르고 있어요. 그 말은, 뭔가 연습을 했을 거라고 생각합니다."

"연습이라고요?"

"네. 작은 불에서부터 시작했을 겁니다."

뭔가를 태우면서 자신의 본성에 대해 알게 되었을 테고, 그것이 그를 지배하기 시작했을 것이다.

"실제로 과거의 연구 결과를 보면 이런 성향의 범죄자들에게는 예행연습이 존재합니다."

쓰레기통에 불을 낸다든가 아니면 산에 불을 낸다든가 하는 식으로, 처음에는 사람들이 모르는 곳에서 조금씩 성장한다.

"어느 날 아침에 눈뜨고 일어나 갑자기 사람을 태워 죽여야겠다고 생각하지는 않을 테니까 최소한 집에 한 번은 불을 내 본 적이 있는 놈일 겁니다."

"하지만 그게 가능하겠어요?"

오광훈은 의심스러운 곳이 어딘지 바로 알아차렸다.

"재개발 현장은 가능하지."

"재개발 현장?"

"네, 그런 곳은 기본적으로 사람이 없으니까요."

당연히 CCTV 같은 것도 없다.

그리고 그곳에서 불을 낸다고 해도 피해는 발생하지 않는다.

기본적으로 그러한 재개발 현장은 어차피 부서질 곳이니, 그곳을 관리하는 사람들은 화재가 나도 그다지 신경 쓰지 않는다.

심지어 작은 화재인 경우는 아예 신고조차도 하지 않는 경우가 제법 많다.

신고하면 화재 조사다 뭐다 하면서 현장을 유지해야 하기 때문이다.

"그리고 생각보다 그런 곳에서 화재가 많습니다."

"왜요? 빈집이잖아요?"

"빈집이죠. 하지만 소유권이 없을 뿐, 사람이 거기서 먹고 자고는 할 수 있거든요."

전기도 안 들어오고 물도 안 나오기는 하지만 그래도 비바람을 피하고 잠을 자기에는 충분하다.

"이런 시기에는 난방이 필요하지 않으니까요. 기본적으로 이런 시기에 필요한 건 비와 바람을 막을 시설이거든요. 그리고 빈집만큼 좋은 곳도 없어요. 통제하는 사람도 없고 신고가 들어갈 일도 없고."

"생각보다 잘 아시네요."

"아, 그쪽으로 경험이 좀 있어서요."

물론 수사 경험은 아니다.

소위 불량아라고 하는 아이들이나 노숙자들이 가장 많이 모이는 곳이 바로 그런 곳이다.

과거에는 역 같은 곳에 많이 모였지만 요즘은 역에서 문을 잠그고 들여보내 주지 않고, 공원 같은 경우는 벤치에 눕지 못하게 시설물을 설치해서 편하게 눕지도 못한다.

"그런 상황에서 비가 오면 완전히 개판이 되거든요."

보통 노숙자들이나 가출 청소년들은 박스로 만든 집에서 지내는데, 비가 오면 그건 순식간에 박살 나니까.

"그런데 그런 빈집은 일단 비는 막아 주니까."

그래서 재건축할 때 가장 조심해야 하는 것 중 하나가 부수기 전에 그 안에 사람이 있는지 확인하는 거다.

그나마 기계나 사람이 부수는 건 느리기라도 하지, 폭약으로 무너트리면 대피할 시간도 없다.

"하여간 그런 사람들이 많이 가기 때문에 생각보다 그런 빈집들은 화재가 잦은 편입니다. 그래서 공사하는 업주는 그다지 신경 쓰지 않죠. 어차피 부술 건데 왜 신경 쓰겠습니까? 그러니 일단 불을 지르는 걸 연습하려면 그런 곳이 제일 좋겠죠."

이것이법이다

"그런가요?"

"네."

윤영지는 고개를 끄덕거렸다.

"그러면 바로 확인해 볼게요."

며칠 후에 윤영지는 새로운 정보를 가지고 왔다.

그리고 그 정보를 가지고 오광훈과 노형진은 현장으로 달려갔다.

"이곳이에요. 여기에서 화재가 있었다고 해요. 몇 곳이 더 있었지만 다른 곳들은 이미 철거되었고 남은 곳은 이곳뿐이라네요."

허름한 빌라. 텅 비어 버린 건물은 시커멓게 타 있었다.

주변에서는 한창 철거 작업이 진행 중이었다.

다만 이 빌라로 들어오는 길은 중장비가 들어올 수가 없을 정도로 좁아 일단 주변 건물을 부수고 들어오는 수밖에 없어서 남아 있었던 것이다.

"이거…… 어디랑 비슷하지 않냐?"

오광훈은 주변을 스윽 둘러보며 말했다.

좁은 골목, 오래된 빌라, 그리고 그 주변의 모습들.

"맞아요. 저도 보자마자 알았어요."

주변은 첫 번째 범죄 현장과 너무나도 닮아 있었다.

"다른 곳은 이미 부순 후라 확인할 수 없지만 이곳은 확실히 그곳과 상황이 비슷하더라고요."

윤영지의 말을 들으면서 건물로 올라가는 노형진 일행.

매캐하게 탄 냄새가 건물 안에 가득했다.

주변을 보니 불이 건물 전체를 집어삼킨 모양이었다.

"무너지지는 않겠지?"

"그러지는 않을 거야."

노형진은 이리저리 둘러보며 말했다.

구조 자체는 단순했다.

복도를 중심으로 양옆에 집이 있는 10세대짜리 빌라.

철컹.

계단을 올라가면서 문을 당겨 봤으나 하나같이 꼼짝도 하지 않는다. 잠겨 있다.

"보통은 다 잠가 놓기는 하지. 사람들이 들어와서 자다가 불이라도 내면 귀찮으니까."

오광훈의 말을 귀로 흘리면서 노형진은 어느 집 안으로 들어갔다.

그나마 맨 위층으로 가자 열려 있는 곳이 있었던 것이다.

"그런데 진짜 여기서 실험한 걸까요? 업자 말로는 그냥 떠돌이 노숙자가 불을 지른 것 같다고 하던데."

"그럴 수도 있지요. 하지만 우리는 만일에 대비해야 합니다."

사망자가 나오는 사건을 계속 일으키고 있다.

다중 살인범은 흔하지 않다.

그런데 이놈은 지능형 다중 살인범이다.

절대 멈추지 않을 것이다.

"거의 타 버렸네."

"타 버렸지."

안으로 들어가자 시커멓게 변해 버린 벽이 보인다.

싱크대 등도 완전히 불타서 형태만 남았다.

"방에는 버리고 간 가구가 있었던 모양인데."

하지만 그마저도 불타서 박살 난 상황.

"그런데…… 냄새가 좀…… 안 좋네요."

불이 난 지 시간이 좀 지났음에도 불구하고 상당히 고약한 냄새를 풍기는 집.

"탄내는 쉽게 안 빠집니다. 가장 안 빠지는 냄새 중 하나예요."

오광훈은 그렇게 말하면서 이곳저곳을 기웃거렸다.

그때 집 안을 들여다보던 노형진은 이상한 점을 발견했다.

"이건 뭐지?"

오래된 빌라, 그곳의 수도꼭지 끝자락에 뭔가가 묶여 있었던 것이다.

만져 보니 녹아서 딱딱해진 게 느껴졌다.

"뭔가가 녹아서 묻은 것 같은데?"

"화재가 나서 묻은 거 아닐까요?"

윤영지는 무심하게 대답했다.

하지만 노형진은 고개를 흔들었다.

"수도꼭지에는 이런 게 잘 안 묻습니다."

일반적으로 수도꼭지는 금속이다.

당연히 화재가 나도 잘 녹지 않는다.

더군다나 이 수도꼭지는 손잡이조차도 금속 스타일의 물건이다.

그래서 여전히 그 형태를 유지하고 있다.

"호스를 연결한 건가? 하지만 아무리 봐도 아닌데."

호스를 연결했다면 그 흔적이 수도꼭지의 끝에 남아 있어야 한다.

그런데 벽에 고정된 목 부분에 남아 있는 흔적.

"뭔가 묶어 둔 모양인데."

큰 건 아니다.

오광훈은 그걸 바라보다가 코를 킁킁거렸다.

"확실히 냄새가 좀 다르기는 하네."

"다르다고?"

"그래. 뭐랄까, 일반적인 탄내랑 다른 뭔가가 섞여 있어. 음…… 누린내 같은 느낌?"

"누린내라고?"

"그래, 그런 느낌이야."

노형진은 사실 누린내라는 걸 알지 못한다.

그런 표현이 있다는 건 알지만 현대에 와서 진짜 누린내가
나는 뭔가를 볼 일은 별로 없으니까.

애초에 그런 냄새가 나는 고기는 유통되지도 않고, 어쩌다
유통시켜도 그런 거 파는 곳은 당연히 순식간에 망할 테니까.

"그걸 어떻게 알아?"

"아, 내가 시골에서 살았잖아. 그…… 옛날에."

다시 살아나기 전을 말한다는 사실을 안 노형진은 고개를
끄덕거렸다.

"그때 동네 아저씨들이 여름이면 개를 잡아먹었거든. 뭐,
그 방법 알지? 그때 나던 냄새야."

"옛날에는 개를 어떻게 해 먹었는데요?"

"음…… 일단 목을 매달아서 죽이고 불을 이용해서 털을
태운 다음에 삶았죠."

"으에에엑!"

윤영지는 기겁했다.

그녀가 검사라고 하지만 그런 과거의 방식은 본 적이 없을
테니까.

"그럼 여기서 뭔가 탔다? 아니, 누린내라고 했으니 뭔가가
타 죽었다는 말이네."

"하지만 여기서 사람이 죽었다는 제보는 없었어요."

아무리 건설업자가 돈에 눈이 멀었다고 해도 최소한의 양

심은 있을 것이다.

사람이 여기서 불에 타 죽었는데 신고를 하지 않았을 리가 없다.

"일단 흔적만 봐서는……."

노형진은 녹은 흔적을 살폈다. 그 양은 얼마 되지 않는다.

"만일 사람이었다면 어떻게 해서든 탈출하려고 했을 것 같은데?"

불이 났을 때 범인이 옆에서 구경하고 있지는 않을 테니까 당연히 탈출하기 위해 무슨 수라도 강구하려고 했을 것이다.

"제가 한번 확인해 보죠, 뭔가 발견한 게 있는지."

윤영지가 다행히 이곳 담당자의 전화번호를 알고 있었는지 확인해 본다며 잠깐 통화를 했다.

답은 금방 나왔다.

"죽은 고양이와 개가 몇 마리 나왔다고 하네요."

"죽은 고양이와 개?"

"네. 노숙자가 키우던 동물이 불이 나서 죽은 줄 알고 그냥 치우고 말았다는데요?"

노형진은 다시 호스를 바라보았다.

여기서 발견된 개와 고양이. 그리고 뭔가가 녹은 흔적.

"플라스틱 성질의 노끈이군."

사람이라면 그걸 풀거나 끊어서 탈출할 수 있겠지만 짐승이라면 불가능하다.

그리고 그게 녹을 정도의 상황이었다면 이미 방 안이 불이
나 가스로 가득 차서 동물은 죽은 후일 가능성이 높다.

"실험한 게 맞아."

이런 곳에 뜬금없이 동물이 있을 이유가 없었다.

그 말은 단 한 가지, 범인이 사람을 대신해서 동물들로 실
험을 했다는 거다.

"여기를 일단 수사해 봐야겠군요."

딱딱하게 굳은 얼굴로 윤영지는 핸드폰을 꺼냈다.

"하지만 쉽지는 않을 겁니다."

범인들이 불을 지르는 이유는 불이 모든 증거를 태우기 때
문이다.

하물며 여기라면 더더욱 그럴 것이다.

"하지만……."

주변을 둘러보는 노형진.

"바로 그 이유로 실수를 했을지도 모르지요."

⚖️

노형진은 범인을 추적하는 새로운 방향을 경찰에게 알려
줬다. 그건 다름 아닌 거기서 나온 동물이었다.

그리고 그걸 발표한 것은 윤영지였다.

그녀에게는 이번 사건을 꼭 해결해야 하는 이유가 있었으

니까.

"관리자의 말에 따르면 그곳에서 죽은 동물은 총 다섯 마리로 개가 세 마리, 고양이가 두 마리였다고 합니다."

범인은 동물들을 수도꼭지에 묶어 놨는데, 한 마리도 탈출하지 못했다.

"우리가 여기서 확인해야 하는 건 그 동물들을 어디서 얻었느냐는 겁니다. 현실적으로 자신이 키우던 짐승이었다면 그렇게 죽이지는 못했을 겁니다."

윤영지의 말에 모두들 고개를 끄덕거렸다.

그건 당연한 말이다. 인간이라면 그러지는 못할 테니까.

"결국 둘 중 하나죠. 새로 구입했거나, 길에서 잡았거나."

하지만 길에서 동물을 다섯 마리나 잡는 것은 쉽지 않다.

그나마 버려진 유기견들은 사람들에게 쉽게 다가오지만, 길고양이라고 불리는 고양이들은 낯선 사람들에게 다가오지 않는 걸로 유명하다.

"그러니 구입에 방향을 맞춰야지요."

그리고 그 당시 현장을 치운 사람들의 말에 따르면 개나 고양이의 사체는 체구가 비슷했다고 했다.

"그 말은 개들은 소형 견종이었다는 겁니다. 만일 그런 곳에 대형 견종을 묶었다면 부수고 탈출할 수도 있으니까."

그러면 그 개들은 성견일 가능성이 높다.

대형 견종의 작은 새끼들은 비싼 편이다.

그걸 사서 실험에 쓰기는 아깝다.

그리고 새끼들이라고 하지만 성견 특유의 기다란 다리가 있기 때문에 알아보는 것도 쉽고 말이다.

"그리고 각각의 크기가 달랐다는 걸 봐서는 견종 자체도 달랐겠지요."

그렇다면 그 짐승들을 어디서 구입했을까?

노형진이 주시한 점이 바로 그것이었다.

"아마도 범인은 동물들을 사거나 분양받아 왔을 겁니다."

그게 아니라면 범인 혼자서 이 정도의 동물들을 구하는 것은 불가능하다.

하나의 실험으로, 그리고 자신의 욕망을 채우기 위한 도구로 유기견들을 데리고 왔을 가능성이 높다.

"일단 유기견을 분양하는 보호 단체를 확인해 보면 답이 나오겠군요."

그들이 아무런 신분 확인도 없이 유기견을 분양해 주지는 않는다.

이 인간이 진짜 개가 좋아서 데리고 가는 건지 아니면 개장수인지 확인할 수 없으니, 무조건 신분증을 이용해서 보호 단체에 기록을 남겨야 한다.

"정부에서 운영하는 보호소 외에 다른 동물 보호 단체에도 확인해 보세요. 범인은 똑똑한 놈입니다. 한 곳에서만 데리고 가지는 않았을 겁니다."

윤영지의 말에 다들 고개를 끄덕거렸다.

"다들 서둘러 주세요. 모든 동물 관련 단체에 확인해 주시고요. 그 시기에 맞춰서 분양해 간 사람들 위주로 확인해 보세요."

경찰들이 움직이기 시작하자 윤영지는 단상에서 내려와서 노형진에게 다가왔다.

"덕분에 생각보다 쉽게 해결될 것 같네요."

"거기서 걸릴 거라고 생각하시는군요."

"그럴 수밖에 없지요. 현실적으로 그렇잖아요. 혼자서 아무리 날고뛰어도 이 정도의 동물을 잡을 수는 없으니까."

"하긴 그렇지요."

노형진은 고개를 끄덕거렸다.

"다만 신분 확인은 확실하게 해야 합니다. 범인은 지능적입니다. 가짜 신분증을 만들어 두었을지도 몰라요."

"알고 있어요. 주민등록번호를 조회해서 확인해 볼 테니까 걱정하지 마세요."

윤영지는 자신 있게 말했다.

"뉴스를 기다리세요. 곧 뉴스에서 범인을 잡았다는 소식이 나올 테니까, 호호호."

범인의 이면

"방송에 나오기는 하네."

오광훈은 저녁을 먹다가 고개를 돌려서 방송을 보며 말했다.

하지만 결과는 기대와는 좀 달랐다.

서울과 경기도의 동물 보호 단체와 유기 동물 보호소를 싹 털었지만 범인은 없었다.

아예 비슷한 사람 자체가 없었다.

–이번 사태로 경찰과 검찰의 무능이…….

세 번째 화재의 발생. 운이 좋은 건 이번에는 피해자가 없었다는 것이다.

사건이 벌어진 곳은 오래된 원룸 건물이었다.

두 번째와 마찬가지로 계단에 불을 피워서 사람들이 탈출하지 못하게 하는 형태로 화재가 벌어졌다.

하지만 불행 중 다행으로 그 원룸의 입주자 중에는 불면증 환자가 있었다.

그는 밤에 잠이 오지 않아서 야식을 사서 오다가 화재를 발견했고, 고함을 지르면서 사람들을 깨웠다.

그러자 범인이 막 불을 피우다가 놀라서 도주했는데, 그 사람은 그 모습을 보았으나 범인을 쫓기보다는 불을 끄는 데 집중했다.

다행히 때마침 옆집 사람이 비치해 놨던 소화기를 들고 나와 피해는 입구에 생긴 그을음 빼고는 제로.

"그리고 그 사람은 범인이 남자라고 증언했고."

오광훈은 이를 쑤시며 말했다.

결국 아직도 범인을 잡지 못한 검찰과 경찰에 대한 언론의 질타가 이어졌고, 검찰 입장에서는 바닥에 바짝 엎드려야 했다.

"병신 같은 거야, 아니면 우리가 잘못 짚은 거야?"

이미 동물을 실험 대상으로 삼았다는 점에서 조사할 곳을 알려 준 상황이다.

그런데 그곳에서 혐의점을 찾지 못했다?

"진짜로 그 동물 다섯 마리를 다 잡았다는 건가?"

"그게 가능할까? 방송을 봐서 알잖아. 동물 하나 잡는데도 그 난리를 치는데."

동물은 인간보다 훨씬 빠르다.

그런 동물을 인간이 혼자서 잡는 건 사실상 불가능에 가깝다.

물론 그물을 치거나 머리를 쓰면 가능할지도 모르지만 그런 짓을 했다가는 다른 사람들의 시선을 끌게 된다.

"그 불에 탄 동물들을 확인하는 건?"

"불가능하고."

하다못해 그 동물이 있었다면 어떤 품종인지 알아내서 그걸 받아 간 사람을 추적이라도 해 보겠는데, 회사에서는 그냥 산업폐기물로 버렸다고 한다.

사실 잘못된 행동은 아니다.

동물의 사체는 일반 쓰레기가 맞고, 그곳은 온통 파내서 아파트가 생길 예정인 곳인 만큼 그곳에 묻는 건 의미가 없으니까.

그렇다고 그 사체들을 차에 싣고 어딘가로 가서 파묻는 것도 말이 안 된다.

남의 땅에 그런 행동을 하는 건 불법이니까.

당연하게도 사체를 그냥 폐기물 트럭에 실어서 보냈고, 그이후에 추적은 불가능해졌다.

"쯧쯧, 윤영지 검사, 이번에는 자신 있게 나섰는데 말이지."

오광훈은 혀를 끌끌 찼다.

이번에 자신 있게 해결하겠다고 나섰는데 결국 해결하지 못하고 코너에 몰린 그녀가 불쌍해졌기 때문이다.

　　딱히 공적에 대한 욕심이 없으니 경쟁할 필요도 없었던 것.

　　"흠."

　　노형진은 계속 고민했다.

　　자신의 추리에서 의심스러운 부분은 없다.

　　대부분은 맞아떨어졌다.

　　연습이라는 부분까지 맞아떨어졌다.

　　'그런데 그러면 그놈은 뭐야? 도대체 어디서 튀어나온 거지?'

　　갑자기 튀어나온 연쇄 방화 살인범. 그런데 왜 잡지 못할까?

　　'아니, 애초에 이렇게 행동반경이 넓은 방화 살인범도 없기는 하고.'

　　다급한 마음에 수사 반경을 전 경기도로 확대했지만 그렇다고 해서 뭔가 뚜렷한 흔적이 나오는 것도 아니다.

　　"네가 말한 대로 옷을 갈아입는 건 확실한 것 같더라."

　　"아, 그래?"

　　"세 번째 범인이 입은 옷은 다른 옷이래."

　　"아무래도 추적을 막기 위해 옷을 사서 입는다고 봐야겠지?"

　　"그렇겠지. 머리 좋은 놈이니까. 워낙 옷 종류가 많아야 말이지. 용케도 낡은 옷을 골라서 구한다니까."

　　"응? 낡은 옷?"

　　"그래. 보니까 입고 있던 옷들이 다 낡았더만."

노형진은 정신이 번쩍 들었다.

그 범인이 옷을 산다면 새 옷을 살까?

아니다. 그럴 가능성은 낮다.

새 옷은 가격이 높고 티가 날 수밖에 없다.

그리고 대부분의 옷 가게에 그러한 옷을 구입한 기록이 남는 게 정상이다.

"낡은 옷……. 그래…… 내가 그걸 생각 못 했네."

화면에 보이는 옷들은 대부분 낡고 허름했다.

그렇다면 평소에 범인이 입던 옷인 걸까?

그럴 가능성은 낮다.

추적을 막기 위해 온갖 준비를 다 한 범인이 평소에 입던 옷을 걸치고 범행을 저지르며 흔적을 남길 리가 없다.

"옷이라……."

노형진은 자리에서 벌떡 일어났다.

"이거 어쩌면 돌파구가 될지 모르겠어."

⚖️

"며칠 사이에 무슨 일이 있었습니까?"

윤영지는 며칠 사이에 얼굴이 완전히 시체처럼 변해 있었다.

"아주 가루가 되도록 까이고 있으니 멀쩡한 게 이상한 거죠."

"아니, 다른 검사들도 있잖아요?"

오광훈은 말도 안 된다는 듯 말했다.

사건이 커지고 나서 이 사건을 담당하게 된 것은 윤영지뿐만이 아니었다.

당연히 그 사건을 추적하는 검사들은 늘어났는데, 그들 역시 헛짓거리를 하고 있는 게 사실이었다.

"전 다른 검사들하고 입장이 다르잖아요. 제가 전면에 나서야 하는데."

"또 파벌 싸움이군."

윤영지를 밀어주는 파벌은 그녀가 계속 전면에 나서기를 바라고, 다른 사람을 밀어주는 파벌은 윤영지를 밀어내고 자신들이 전면에 나서기를 원하는 거다.

"잘하는 짓이네요, 사람 목숨이 달렸는데."

"오 검사님, 자기 일 아니라고 너무 쉽게 말하시는 거 아니에요?"

"내 일이었으면? 일단 그놈 멱살부터 잡고 흔들었을 겁니다."

"하아……."

부정할 수 없는 사실이기에 윤영지는 한숨만 쉬었다.

오죽하면 이 정도 사건에 오광훈을 배제하겠는가?

그를 밀어 넣었다가는 새론에서 사건을 쓸어 갈까 봐 못 하는 것이다.

"그런데 어쩐 일로 오신 거예요?"

"범인이 입었던 옷에 대해 확인해 보려고요."

"이미 확인해 봤어요. 나온 지 벌써 2년이 넘은 옷들이에요. 심하게 오래된 건 5년이나 지났고요."

이미 확인해 봤지만 결론적으로 말해서 그 옷들은 너무 오래전에 팔렸던 디자인인지라 추적이 불가능했다.

"더군다나 판매 시기도 제각각이고, 그걸 구입한 사람이 한두 명도 아니고."

그러니 그 옷을 구입한 사람을 추적하는 건 현실적으로 불가능했다.

"제가 말하는 게 바로 그겁니다. 그 옷들, 다 브랜드가 있는 옷들이지요?"

"맞아요. 하지만 그 브랜드는 이번 사건과 관련이 없는데요."

"브랜드는 관련이 없지요. 하지만 그 이후가 달라집니다."

노형진은 자리에서 일어나서 윤영지의 자리로 다가갔다.

"잠깐 컴퓨터 좀."

노형진의 말에 윤영지는 일어나서 자리를 내줬다.

윤영지의 자리에 앉은 노형진은 모니터에 캡처한 화면 세 개를 띄웠다.

"이 사진은 모두 현장에 있던 CCTV에서 뽑아낸 겁니다."

"그건 알고 있어요."

"범인이 원래 소유하고 있던 옷이라고 보기에는 좀 문제가 있어요. 워낙 스타일도 제각각이고……. 그렇다고 해서 범인이 수년간 옷을 모으면서 범죄 준비를 했다고 볼 수는 없고요. 결국 중고로 샀다고 봐야겠지요."

"그런데 브랜드를 왜 물어요?"

"중고는 거래되는 곳이 다르니까요."

진짜 비싼 명품 브랜드는 중고라고 해도 전문 매장을 통해 유통된다.

중간급의 물건이라면 인터넷을 통해 유통되고.

브랜드도 제대로 없는 하급의 물건이라면 고물상을 통하거나 종묘와 같은 장소를 통해 유통된다.

"어…… 잠깐만요."

윤영지는 정신이 번쩍 들었다.

그게 추적이 가능하다면 어쩌면 범인을 특정할 수 있을지도 모른다.

"잠깐만요. 그 옷이……."

바지 같은 건 특정할 수가 없어서 기록에 없지만, 상의는 아무래도 티가 날 수밖에 없어서인지 그 브랜드에 대한 기록이 남아 있었다.

"그 후드티가 나온 곳이 로코로빈이라는 곳이네요."

"로코로빈요?"

"네, 이미 로코로빈에 판매량을 확인해 봤어요. 대략 5만 장쯤 팔렸다고……."

그렇게 팔린 물건은 추적이 불가능하다, 보통은.

"잠시만."

노형진은 로코로빈의 브랜드에 대해 검색해 봤다.

중고가의 브랜드로, 명품에 들어가지는 않지만 어디서나 입기 편한 수준의 옷을 만든다.

보통 이런 옷들이 중고로 많이 거래된다.

"혹시나 해서 확인해 보는 거지만……."

노형진은 인터넷에서 가장 큰 중고 거래 사이트인 중고천국으로 들어갔다.

그리고 그곳에서 로코로빈 후드티를 검색했다.

"고작 열 건?"

그런데 생각보다 거래하는 글의 수가 적었다.

고작 열 건.

"생각해 보니 옷을 파는 사람은 많지 않습니다."

로코로빈의 후드티 같은 경우는 상당히 호불호가 갈리는 디자인이었다.

그 말은 인터넷상에서도 그다지 거래가 많지 않다는 뜻이다.

그 독특한 디자인이 자기 취향에 맞는 사람은 가능하면 팔려고 하지 않을 테니까.

"이 후드티 파는 사람, 한번 만나 볼 생각 없습니까?"

⚖️

"아, 이거요? 제가 판 거 맞아요."

중고로 나온 매물 중에서 판매가 완료된 것은 여덟 벌이었다.

그리고 그중에서 경기도에서 판매된 것은 세 벌이었는데, 그중 두 벌은 지방으로 택배 배송되었고 나머지 한 벌은 현장에서 거래되었다.

"이건 팔 만했어요. 뭐, 유행도 지났고."

남자의 모습을 보아하니 아무래도 유행에 민감한 타입인 듯했다.

그는 어깨를 으쓱하면서 당연하다는 듯 말했다.

"이런 건 적당히 팔아넘기고 새 옷을 사는 게 이득이니까요."

"그러면 현장 거래했다는 사람에 대해 말씀해 주시겠습니까? 혹시 전화번호 같은 거라도 있나요?"

"너무 오래되어서 전화번호는 없어요. 쪽지도 없는데. 아, 글을 안 지웠으니 아이디는 있겠다."

중고 물품을 거래하는 사람들은 거래가 끝나면 글을 삭제하거나 판매 완료라는 글을 올린다.

이미 거래가 끝났는데 계속 연락 오는 걸 막기 위해서다.

이번에는 후자였다.

"알고 있습니다. 그러면 따로 보유한 연락처는 없으시다는 거죠?"

"그냥 여의도역에서 만나서 현거래를 했으니까요. 8만 원 받았으니 잘 받았죠."

"원가가 비싼가 보군요."

"원래 가격이 42만 원쯤 하는 거니까요."

생각보다 높은 가격. 그러니 중고 거래도 되는 것이다.

"그러면 그 남자는 어떻게 생겼나요?"

윤영지는 다급하게 물었다.

드디어 범인에게 가까이 다가간다는 느낌에 마음이 급해진 것이다.

그런데 판매자의 답변이 이상했다.

"네? 남자요? 전 여자한테 팔았는데요."

"네? 여자라고요?"

"네, 자기 남친 주려고 사는 거라고 했어요."

"아……."

범인이 바로 코앞이라고 생각했던 윤영지는 힘이 빠진 듯 신음을 냈다.

노형진 역시 잠깐 아쉬운 표정을 지었다.

하지만 일단 추적은 해 봐야 했다.

남자 친구가 그 옷을 입고 범죄를 저질렀을 가능성은 그리 높지 않지만 말이다.

애초에 혐의에서 벗어나게 하기 위해서라도 추적은 필수다.

"혹시 그러면 그 여자분에 대해 기억하세요?"

"겁나 예쁘던데요?"

그렇게 이야기를 들으면서도 노형진은 사건이 어느 쪽으로 튈지 전혀 상상하지 못했다.

오광훈, 윤영지와 함께 인터넷상에서 중고 후드티를 구입한 여자를 찾아간 노형진은 눈앞의 큰 집을 보고 묘한 표정을 지었다.

"이런 집에 사는 여자가 남자 친구한테 중고로 옷을 사 준다고?"

"월세 아냐?"

"장난하냐? 이 집이 무슨 쪽방인 줄 알아?"

지상 3층에 지하 1층짜리 집으로, 지하에는 주차장도 따로 있었다.

그리고 전산상에는 완전히 독거 구조로 되어 있었다.

"결국 이 집에 사는 건 한 가족이라는 거잖아."

"그러네."

그렇게 오광훈과 대화하던 노형진은 백미러를 흘끔 보았다.

윤영지는 기운이 쭉 빠진 표정으로 앉아 있었다.

완전히 헛짓거리를 하고 있다는 생각이 들었으니까.

"일단 들어가 보고 생각하자고."

오광훈은 차에서 내려 과감하게 초인종을 눌렀다.

-누구세요?

"오광훈 검사입니다. 약속하고 왔는데요."

-아, 네. 차는 지하에 대고 들어오시면 돼요.

그와 동시에 천천히 열리는 셔터.

오광훈은 다시 차의 운전석에 올라 천천히 지하 주차장으로 향했다.

그리고 세 사람은 혀를 내둘렀다.

"이게 다 얼마야?"

지하에 있는 두 대의 슈퍼카와 세 대의 수입 차.

그러고도 남아서 상당 부분이 비어 있는 주차장.

"돈 많은 놈이. 너도 이렇게 살아라."

"아이고, 사절입니다."

세 사람은 차에서 내려서 올라가기 위해 입구 쪽으로 향했다.

한 집만 살고 있는데도 불구하고 엘리베이터까지 설치되어 있었다.

"우리, 진짜 엉뚱한 쪽을 파는 것 같은데요? 지방에서 원정 범죄를 저지른다고 생각해야 하는 거 아닐까요? 오프라인으로 구입했다거나."

"그럴 수도 있지요. 상황을 보아하니 아마도 그런 것 같은데."

윤영지의 말에 대충 대꾸해 주며 오광훈은 주차장 안을 두리번거렸다.

　　그러자 노형진이 어깨를 으쓱했다.

　　"모를 일이지. 방화범의 성향에 금전의 여부는 그다지 영향력이 없거든. 뭐 정황상 아닐 것 같기는 한데, 그래도 부자라고 해서 방화범이 되지 않는다는 연구는 없어. 금전적인 부담하고 불에 매료되는 것은 전혀 다른 일이니까."

　　"아니, 이 정도 돈이 있으면, 불을 보고 싶으면 자기가 땅을 사서 거기서 초대형 캠프파이어를 하면 되잖아."

　　"그래도 되지만 만일 사람이 목표라면……. 하여간 복잡해. 일단은 들어가 보자고."

　　세 사람은 주차장 안쪽에 있는 엘리베이터 앞에서 멈춰 섰다.

　　노형진과 윤영지는 엘리베이터 앞에서 조용히 기다렸지만, 오광훈은 비싼 차들이 보여서 그런지 계속 여기저기 고개를 들이밀며 구경을 해 댔다.

　　그러다가 그의 눈빛이 반짝하고 빛났다.

　　"어이, 둘 다 이리 와 봐."

　　"응? 왜?"

　　두 사람은 문이 열린 엘리베이터를 놔두고 다가가서 오광훈이 가리킨 곳을 바라보았다.

　　"이거 보여?"

그가 가리킨 곳은 수입 차의 주유구였다.

"뭐야, 상처가 남았네?"

작은 상처였다.

하지만 그걸 보면서 오광훈은 눈을 빛냈다.

"주유할 때의 실수일까?"

"그럴 수도 있지만…… 글쎄, 과연 그럴까?"

수입 차다. 당연히 주유소에서 넣어 주기는 하지만, 반대로 상처가 있으면 주유소에서 미리 말해 준다.

자기들 책임이 아님을 밝혀야 하니까.

"이거…… 휘발유 차량 같지?"

노형진은 수입 차를 보면서 말했다.

"그런 것 같네."

"설마 범인이 여기에 있는 걸까요?"

오광훈과 노형진의 대화에서 낌새를 느낀 윤영지가 조용히 묻자, 노형진은 조심스러운 표정을 지었다.

"모르죠. 확실한 건 우리가 방심해서는 안 된다는 겁니다."

직감적으로 잘못되었다는 사실을 안 노형진과 일행은 조심스럽게 위층으로 올라갔다.

세 사람을 맞이한 것은 이 집에 사는 세 명의 사람들이었다.

"죄송해요, 애들 아빠가 지금 나가 있어서."

"아닙니다. 그…… 연락을 드렸습니다만."

"네. 주혜야, 이야기 들었지? 그 옷 어쨌니?"

"남자 친구 줬는데요."

주혜라고 불린 여자는 귀찮다는 듯 말했다.

확실히 예쁘기는 하다.

"그러면 남자 친구의 연락처는요?"

"헤어졌어요. 그 옷이 뭐 어때서 그래요?"

"그 남자분의 연락처를 받을 수 있을까요?"

"그건 좀 그러네요."

윤영지가 주혜라는 여자와 말하는 걸 보던 오광훈은 슬쩍 노형진에게 다가와서는 옆구리를 쿡 찔렀다.

그리고 고개를 까딱이면서 뒤쪽으로 가자는 신호를 보냈다.

그들이 대화하는 곳에서 좀 떨어진 곳에 온 오광훈은 나지막하게 말했다.

"저 여자, 성형했어."

"그래서?"

돈도 있겠다, 요즘 같은 시대에 예쁘게 성형하는 게 문제가 되지는 않는다.

아니, 돈이 있으면 많은 여자들이 하고 싶어 하는 게 성형이다.

"성형이 잘못은 아니잖아? 그나저나 겁나 잘되었네."

성형 미인이라고 느껴지지 않을 정도로 자연스러운 외모.

아마도 상당히 많은 돈을 줬을 것이다.

그렇게 생각하는 그때 오광훈이 목소리를 낮췄다.

"그리고…… 남자야. 아니, 남자였다고 해야 하나?"

"뭐? 그게 무슨 소리야?"

"목소리 말이야, 약간 묘하지 않아?"

"약간 허스키하기는 하지만…… 그다지?"

확실히 여자치고는 낮고 허스키한 목소리다.

하지만 여자들 중에도 허스키 보이스는 제법 있고, 그 특징을 이용해서 가수가 된 사람들도 있다.

"똑같은 허스키 보이스라고 해도 여자는 여자 특유의 느낌이 있다고. 저건 좀 달라. 저건…… 뭐랄까, 목소리를 고의적으로 높인다는 느낌이야."

"목소리를 고의적으로 높인다고?"

"그래. 간단하게 말해서 남자가 여자 목소리를 내려고 할 때 많이 나는 목소리야."

"네가 그걸 어떻게 알아?"

오광훈이 갑자기 헛기침을 했다.

"아무래도 손님들의 취향은 여럿이니까……."

"미친!"

"불법은 아니었다고! 왜 이래? 공식적으로 남자니까."

하긴 실제로 트랜스젠더를 고용해서 접대하는 전문 술집

이 있는 게 사실이다.

심지어 1970년대에도 그런 불법 술집이 발각된 적이 있는데 지금이라고 없다면 그게 더 이상할 것이다.

"그래서 내가 트랜스젠더를 많이 봤거든? 확실히 차이를 알지. 그래서 목소리도 성형하는데……."

"뭐? 목소리도 성형한다고?"

그건 진짜 금시초문이었다.

하긴 그런 걸 알고 있는 게 더 이상한 일이기는 하다.

"트랜스젠더라고 해서 찾아왔는데 허스키 보이스가 들리면 얼마나 깨겠냐?"

"으음……."

성형을 해서 외모는 여자일지 모르지만 정작 목소리가 중저음의 남자 목소리면 진짜 이상할 수밖에 없다.

"그런데 그것도 연습이 좀 필요하거든."

목소리 성형은 쉽게 말해서 목구멍의 성대를 성형하는 거다.

그런데 그건 기본적으로 목소리의 톤을 높여 줄 수는 있지만 여성 특유의 맑은 소리는 낼 수가 없다.

정확하게 표현하자면, 목소리 자체는 여성의 하이 톤인데탁하고 거친 느낌이 나는 것이다.

"그래서 트랜스젠더들은 성대 수술한 후에는 상당 기간 바깥에 안 나가. 목소리가 듣기에 애매하거든."

"으음."

노형진은 슬쩍 시선을 돌렸다.

그리고 윤영지와 이야기하고 있는 주혜라고 불린 여자를 바라보았다.

귀찮다는 투로 말하는 그녀는 누가 봐도 여자였다.

가녀린 선, 그리고 아름다운 외모.

'범인의 특징은 갸름한 외모의 남성.'

일단 그 판단 기준은 두 가지다.

첫 번째, 근력. 말통을 한 손에 하나씩 들고 나를 정도의 힘이다.

일반적인 여성은 그걸 양손에 하나씩 들지 못한다.

'하지만 남자라면?'

아무리 수술했다지만 유전자와 근육이 갑자기 남자에서 여자로 바뀌는 것은 아니다.

그 말은 적당한 운동을 한다면 남자 특유의 근육의 힘을 낼 수 있다는 뜻이다.

물론 남성호르몬이 줄어들면서 힘이 약해지는 부분 역시 있겠지만, 그렇다고 해도 아예 진짜 여자 수준으로 떨어지지는 않는다. 기본기가 있으니까.

"저 여자, 아니 저 사람…… 근력이 괜찮아 보이지?"

윤영지와 이야기하면서 경계하는 포즈로 팔짱을 끼고 있는 주혜.

소매 사이로 드러난 팔에서 얼핏 보인 것은 살짝 도드라진 근육이었다.

"남자가 여자 몸매를 유지하려면 노력이 어마어마하게 들어. 중년 남성 배라는 말이 괜히 생긴 말 아니다."

"으음."

오광훈의 눈치 빠른 조언에 노형진은 침음을 흘렸다..

그가 주혜가 남자라고 생각한 두 번째 이유는 그녀가 앉는 방식이었다.

방금 전까지 그녀는 그들의 맞은편에 앉아 있었다. 그런데 그녀는 치마를 입은 상태였다.

일반적으로 여성들은 치마를 입으면 다리를 모아서 앉는다. 그게 버릇이다.

그러나 남자들은 그런 버릇이 없다. 남자는 생식기의 특성상 아무리 노력해도 본능적으로 다리를 어느 정도 벌리고 앉기 때문이다.

"그런데 다리를 딱 그만큼만 벌리고 앉더라고. 바지라면 이해를 하겠는데 말이지. 저렇게 타이트한 치마를 입고 다리를 벌리는 버릇은 이상하지."

"그건 또 언제 봤대?"

노형진은 살짝 눈을 찡그렸다. 자신은 그쪽으로는 신경도 못 썼으니까.

"크흠…… 하여간 그렇다고."

오광훈은 헛기침을 하면서 슬쩍 시선을 돌렸다..

노형진은 그런 오광훈의 말에 더 이상 타박하지 않았다.
확실히 그 부분은 이상했으니까.

아무리 편한 집에 있다지만 짧은 치마를 입고 낯선 남자의
맞은편에 앉아 있는데 다리를 벌리고 앉는다?

일반적인 여성이라면 하지 않을 실수다.

'트랜스젠더……'

노형진은 주변을 슬쩍 둘러보았다.

집 안은 상당히 여성적으로 꾸며져 있었고, 사진 속에서는
아버지로 보이는 남자가 웃고 있었다.

그리고 그 옆에 있는 두 딸.

얼핏 보면 평화로워 보이는 집 안.

'하지만……'

자녀의 성별이 바뀐다고 해서 추억이 사라지는 것은 아니
다.

집 안에는 몇 가지 흔적이 있었다.

일단 태권도 등을 해서 따 온 트로피와 상장 같은 게 장식
장을 그득 채우고 있었다.

물론 여자도 그런 걸 받을 수 있다.

'상장에 남자부 우승이라고 적혀 있으니까 문제인 거지
만.'

가족사진 속에 남자라고는 아빠밖에 없다.

그런데 아빠는 아무리 봐도 운동하는 타입 같지는 않다.

그러니 남자부 태권도 우승 상장과 트로피라면 여러모로 이 집안의 상황과 맞지 않는 거다.

그리고 오광훈의 말대로 트랜스젠더라면 원래도 운동하던 사람이라는 뜻이다.

무엇보다 상장에는 '남자 중학교'라는 문구가 정확하게 적혀 있었다.

그 어떤 사진에서도 찾아볼 수 없는 남자 가족.

죽은 걸까? 그래서 저렇게 여자 가족들만으로 사진을 걸어 둔 걸까?

아니다.

가족 중 한 명이 죽었는데, 그것도 자식이 죽었는데 남은 가족들과 저렇게 환하게 웃으면서 가족사진을 찍기는 힘들다.

물론 그 가족의 죽음의 고통에서 벗어나기 위해 가족들이 모여서 새로운 마음으로 찍었을 가능성도 분명 존재한다.

하나 그랬다면 일단 저기 있는 수많은 상장과 트로피도 치웠어야 정상이다.

볼 때마다 죽은 아이의 생각에 가슴이 미어질 텐데 어떻게 행복한 가족사진을 찍어서 걸어 두겠는가?

"확실하게 확인하고 넘어가는 게 좋겠지?"

고개를 끄덕거리는 오광훈.

"내가 해도 될까?"

재미있을 거라 생각한 건지 기대에 찬 눈빛으로 질문하는 오광훈에게 노형진은 고개를 끄덕거렸다.

어차피 자신은 변호사다.

이들을 도와주고 있다지만, 엄밀하게 말하면 수사는 검사가 해야 한다.

"그래, 그렇다면야."

오광훈은 신이 나서, 윤영지와 이야기하는 주혜라는 여자에게 다가갔다.

"주혜 씨라고 했던가요?"

"네, 그런데요."

"그런데 말입니다."

오광훈은 잠깐 침묵을 지키다가 갑자기 훅 치고 들어갔다.

"주혜 양이라고 불러야 하나요? 아니면…… 주혜 군이라고 불러야 하나요?"

그 말에 주혜의 얼굴은 그 어느 때보다 심하게 일그러져 갔다.

다음 권으로 이어집니다

꿈의 도약, 로크에서 하십시오
(주)로크미디어에서 신인 작가를 모십니다

즐거운 세상, 로크미디어는 꿈을 사랑하고 도전을 두려워하지 않는 작가 분들의 참신한 작품을 기다리고 있습니다. 21세기 장르 문학계를 이끌어 갈 차세대 선두 주자 (주)로크미디어에서 여러분의 나래를 활짝 펴 보시길 바랍니다.

모집 분야 판타지와 무협을 포함한 장르 문학
모집 대상 아마추어 작가, 인터넷 작가
모집 기한 수시 모집

작품 접수 시 유의 사항

1. 파일명은 작가명_작품명.hwp형식을 갖춰 주십시오.
1. 파일에 들어갈 내용은 다음과 같습니다.

    ─ 성명(필명인 경우 실명을 밝혀 주세요), 연락처, 이메일 주소
    ─ 제목, 기획 의도
    ─ A4용지 1장 분량의 등장인물 소개
    ─ A4용지 2장 분량의 전체 줄거리
    ─ 본문

1. 작품이 인터넷에 연재되고 있다면, 게시판명과 사이트의 구체적이고 정확한 주소를 기재해 주십시오.

선택된 작품은 정식 계약 후 출판물로 간행되어 전국 서점에 유통됩니다.
작가 분은 (주)로크미디어의 전폭적인 지원하에 전속 작가로 활동하시게 됩니다.
※ 자세한 내용은 로크미디어 홈페이지(rokmedia.com)를 참조하세요.

(03920)서울시 마포구 성암로 330 DMC첨단산업센터 3층 318호
(주)로크미디어 편집부 신간 기획 담당자 앞
전화 : 02) 3273-5135
www.rokmedia.com   이메일 : rokmedia@empas.com

가휼 판타지 장편소설

전능하신 영주님

「아저씨 식당」 가휼 작가의 신작
이보다 더 완벽한 지도자는 없었다!

하루하루가 벅찬 인턴, 유성
별똥별을 보며 기도 한번 했더니
바르테온령의 적장자로 깨어나다!

귓가에 울리는 시스템 메시지
선대의 안배로 한 방에 소드 마스터?!

썩어 빠진 행정부 숙청부터
오랜 숙적과의 피 튀기는 전쟁에
드워프와의 역사적인 교역까지……

상상하는 모든 것을 이루어 주는
전능하신 영주님이 등장했다!

암살자였던 군주

김기세 판타지 장편소설

죽음의 신에 의해 세상이 어지러울 때
암살자가 소리 없이 다가와 구원하리라!

가족을 잃고 왕국 변방에서 평범하게 살아가던
전설의 특급 살수 가브

동생이 생존해 있음을 알고 찾으러 떠나지만
그의 앞에 펼쳐진 것은
누구든 구울이 되어 버리는 흑마법의 세상!

세상을 집어삼키는 것이 마신의 계획임을 깨달은 가브는
대항할 힘을 갖추기 위해 나라를 세우고
군주의 길을 걷기로 결심하는데……!

군주가 된 암살자는 신도 살해한다!
마음 한편이 서늘해질 다크 판타지가 시작된다!